Christian Weidmann

Anhang eines neuen Lustspieles von einer zweifachen Poetenzunft

Christian Weidmann

Anhang eines neuen Lustspieles von einer zweifachen Poetenzunft

ISBN/EAN: 9783743495470

Hergestellt in Europa, USA, Kanada, Australien, Japan

Cover: Foto ©Andreas Hilbeck / pixelio.de

Manufactured and distributed by brebook publishing software (www.brebook.com)

Christian Weidmann

Anhang eines neuen Lustspieles von einer zweifachen Poetenzunft

Anhang eines neuen Lust-Spieles
Von Einer zweyfachen Poeten-Zunfft/
præsentiret in Zittau/
den 6. Mart. MDCLXXX.

LEIPZIG/
Zu finden bey Christian Weidmannen.

Gedruckt bey Johann Kölern/
Im Jahr 1683.

Geneigter Leser.

JCh wil hoffen/ dieses lustige Spiel wird den Reiffen Gedancken nicht zuwider seyn. Denn nachdem es in unsren Gymnasio bald zu Anfange dieses Seculi eingeführet worden/ daß alle Jahr drey unterschiedene Schauspiele von den Studierenden gehalten werden; so habe ich die Gewohnheit nicht abbringen wollen: bin auch allezeit dahin bedacht gewesen/ daß den ersten Tag eine geistliche Materie aus der Bibel/ den andern eine Politische Begebenheit aus den Historien/ letzlich ein freyes Gedichte neben einem lustigen Nachspiele ist præsentiret worden. Und gleich wie der Zweck dieser Lust dahin gehet/ daß junge Leute sich einiger Besserung daraus getrösten mögen; also wird niemand leugnen/ daß auch aus dergleichen Possen-Spielen ein guter Nutz entstehen kan. Denn ich wil geschweigen/ daß oft blöde Ingenia/ welche sonst in ernsthaften Sachen furchtsam thun/ durch freye und negligente Action besser aufzumuntern sind; so ist es in sich selbst ein Grosses/ wenn man in lustigen Possen die Mediocrität treffen lernet/ und durch lebendige Exempel erkennet/ worinnen Moralitas Facetiarum, das ist/ die rechtmässige Richtschnur der Schertz-Reden zu bestehen pflegen. Nemlich es sol kein Mensch geärgert/ niemand rechtschaffenes beleidiget/ und dennoch ein iedweder durch gute Moralia in einer gewissen Sache unterrichtet werden.

Alldieweil nun die Jugend gar zu gern auf neue Händel mit Wörtern und Buchstaben gehet/ da die andern Realia noch zu wichtig scheinen; so gar daß auch mancher in dieser lieblichen Raserey alles Studieren beyseite setzet/ wenn er nur auf seinem eingebildeten Parnasso die Musen bedienen/ aber gleichwol mit solchem Dienste keinen Heller verdienen kan: als war die Invention mit der Poeten-Zunfft nicht so übel à propos: sonderlich da ein Zuschauer wegen der unverhofften Begebenheiten in eine lustige Verwunderung gesetzet wird. Und ob wol die Ausarbeitung nicht gar zu fleissig geschehen ist/ so weiß man vor eins/ daß solche Materien nicht grosse Mühe verdienen/ und vors andere wird das Meiste denen Actoribus anheim gestellet/ welche der todten Rede mit guten lebendigen Minen zu statten kommen.

Also mag nun dieses Lust-Spiel vor einen Anhang passiren/ dadurch der geneigte Leser nach so vielen ernsthafften Dingen etwas leichtes antreffen möge. Und hiermit nochmahls zu allem gesegneten Wolwesen befohlen.

Per=

Personen des Schau-Spiels.

Veit der Edelmann nebenſt ſeinen Gäſten an Cavallieren und Frauen-Zimmer welche nichts zu reden haben.
Aſchen der Verwalter.
Lars der Cammerdiener.
Parlirus der Zunftmeiſter in der Narren-kolben-Zunfft.
Kolbus ſein Unterſaſſe.
Butyrolambius ⎫
Caprimulgus ⎪
Mirabuldrius ⎬ ſeine Zunfftgenoſſen.
Heroicolingvantius ⎪
Majorcus ⎭
Irus der Zunftmeiſter in Tannzapfen-Zunfft.
Conus ſein Unterſaſſe.
Aqvavitæſorbius ⎫
Ridiculantius ⎪
Vernaculojactantius ⎬ ſeine Zunfftgenoſſen.
Vermipulverius ⎪
Minorcus ⎭
Sauſewind Parlirus kleiner Sohn als Nachredner.

Zum Anfange wird folgendes gesungen.

I.

Heran/ wer Luſt zu freyen Schertzen/
   Und einen Sinn zu Lachen hat.
Hier iſt ein Spiel nach ſeinem Hertzen/
   Da lach' er ſich vor dißmahl ſatt.
Denn wem iſt Cato ſo verwandt/
Daß er die Freude gantz verbannt?

II.

Was helffen uns die herben Speiſen/
   Wo ſich kein Zucker unterſtreut?
Wil uns ein Menſch viel Arbeit weiſen/
   So zeig' er auch die Fröligkeit/
Dadurch der abgezehrte Muth
Sich wieder was zu gute thut.

III.

Man habe nur ein gut Gewiſſen/
   Und ſchertze nicht mit Unvernunfft.
Denn hier wird niemand leiden müſſen
   Als eine nie-geweſne Zunfft/
Davon ſich niemand ſchreiben kan/
So geht ſie keinen Menſchen an.

IV.

Solt' aber dennoch eine Lehre
   Darhinter eingeſchloſſen ſeyn:

So gebt derselben gut Gehöre/
  Und bildet sie dem Hertzen ein.
Der hat die Zeit wol angelegt/
Der auch im Lachen Früchte trägt.

V.

Wolan die hohen Leute kommen;
  Seht ihr geborgtes Kleinot an/
Das haben sie vor sich genommen/
  Wird euch ein Dienst hiemit gethan/
So meldet euch zu rechter Zeit
In welche Zunfft ihr tüchtig seyd.

Parlirus, Kolbus.

Kol. Mein Herr / hat es die Beschaffenheit / so werde ich mich in ihre Hoch-Edle und Deutsch-gesinnete Helden-Gesellschafft begeben.

Parl. Es ist nicht anders/wir sind die vornehmsten Leute auf der Welt/ und ob sich wohl böse Leute unterstehen wollen/den Hochheiligen Orden zu lästern und zu schimpffen / so bleiben wir doch vornehme und erleuchtete Poeten / wie das Gold an seiner Kostbarkeit nichts verleuret/wenn es gleich in der Erde verborgen liegt.

Kol. Aber mein Kopff schicket sich allemal nicht in solche vornehme Gedancken / vielleicht leg ich einen Schimpff ein / der dem gantzen Orden zu Spott gereichet.

Parl. Gebt euch zufrieden/wer einmal in unsern Orden/ oder/Deutsch zu reden/in unsre Zunfft kommt/ das ist/wer den Krantz nur einmal getragen hat/den überfällt eine solche Weißheit/daß er aus dem Kopffe lauter Verse reden kan.

Kol. Nun das Handwerck treffe mir ein / ich wolte mir lassen den Krantz auffsetzen/wenn ich damit zum Poeten könte legitimiret werden.

Parl. Die Erfahrung wird es ausweisen/ aber vor allen Dingen müsst ihr die Regeln unserer Zunfft wohl erlernen.

Kol. Ich dachte/ich dörffte nichts lernen?

Parl. Ich will euch nur etwas erzehlen / wie es bey
uns

uns gehalten wird? Wir haben in unsererer Gesellschafft zwey Zunfft-Sitze/ in einen befleissiget man sich auf hohe Reden und tieffe Gedancken/ darumb tragen sie Kräntze von Tann-Zapffen/ anzuzeigen/ daß ihre Verse auf hohen Bäumen gewachsen seyn.

Kolb. In die Zunfft begeb ich mich nicht/ wer hoch steiget/ der fället hoch.

Parl. So begebet in meine Zunfft/ die heisset die Narren-Kolben-Zunfft.

Kol. Pfuy/ das ist ein garstiger Name.

Parl. Man urtheilet nicht nach den Namen/ sondern nach den Wercken; Denn seht/ wir befleissigen uns der Liebligkeit. Weil nun die Schilff-Pfeiffen ein liebliches Sing- oder Spielwerck seyn/ damit Pan den Apollo selbst überwunden hat/ so ehren wir den Schilff so sehr/ daß wir auch die Kolben davon in unsere Kräntze genommen haben.

Kol. Warumb heissen sie es aber Narren-Kolben?

Parl. Die Gelehrten sind nicht einerley Meynung/ etliche meynen darumb/ weil man durch einen solchen Krantz die Narren alsobald kan zu Poeten machen/ etliche darum/ weil sie von denen Narren aus Unverstande verlachet werden.

Kol. So ist das unser gantze Zierrath?

Parl. Hört mich doch weiter: Wer in unserer Zunfft seyn will/ muß bey Straffe allezeit Feder/ Dinte und Papier im Sacke und einen solchen Stuhl unter den Arme führen.

Kol. Worzu dienet der Stuhl?

Parl. Wir pflegen unsere Zusammenkunfft in den grünen Feldern und bey den rauschenden Wässern zu halten/

halten; Damit wir nun unsere Hoheit desto besser sehen lassen/ und nicht wie die andern Bärenhäuter stehen müssen/ so tragen wir den Stuhl iederzeit unter den Arme.

Kol. So wird mein Hintertheil auch des Armes Schuldner werden.

Parl. Die Erfindung ist sehr köstlich. Doch hört weiter: Wer in unserer Zunfft ein undeutsches Wort reden will/ der kriegt die Pritsche.

Kol. Vor den Lateinischen fürchtet euch nicht/ weiß ich doch kaum/ ob ich die deutsche Sprache sehr verrathen werde.

Parl. O seyd nicht so kühn/ es kommen schwere Sachen vor. Wer hätte gemeynet/ daß die Thüre an den Hause kein deutsch Wort wäre/ nun hör ich/ es kommt aus einer andern Sprache.

Kol. Ich dachte/ weil Menschen und Thiere dadurch eingehen/ so wäre es ehrlich deutsch.

Parl. Ich mercke ihr versteht kein Griechisch. Ach lasset die Gelehrten reden!

Kol. Wie soll man denn sprechen?

Parl. Die Gelehrten waren auch unterschiedener Meinung: Ich nenne es den Eingang des Hauses.

Kol. Ich hätte gesagt: Das vorderste Loch am Hause.

Parl. Ey/ wo bliebe das Keller-Loch?

Kol. So wolt ich sprechen: Das Eingangs-Loch.

Parl. Nein/ nein/ es schicket sich nicht. Ich mercke/ daß euch der Krantz noch fehlet.

Kolb. Nun so muß ich doch meinen Zierrath bestellen.

Parl. Gehet nur zu meiner Frau/die hat Kräntze und Stühle in Vorrath; Hernachmals werdet ihr uns auf der schönen Wiese dort antreffen.

Kolbus gehet ab.

Anderer Auftritt.
Die gantze Compagnie.

Parlirus, Irus, Conus, Heroico-linguantius, Mirabuldrius, Caprimulgus, Butyrolambius, Vernaculo-Jactantius, Ridiculantius, Vermipulverius, Aquavitæsorbius, Majorcus, Minorcus.

Ir. Wir suchten den Herrn Collegen oder Amts-Bruder/ es fehlte wenig/so hätte ich einen Beysitzer in das Poeten- oder Dichter-Gäßgen geschickt.

Parl. Ich habe etwas wichtiges verrichtet/ denn nunmehr hab ich einen geworben/welcher in meiner Narren-Kolben-Zunfft die ledige Stelle bekleiden wird.

Ir. O das ist ein herrlich Werck/ davor soll er noch heute einig sechs-stuffigter Reim-Gebäude zwantzling zu Lohne haben.

Parl. Und also hindert nichts/ wir wollen uns setzen/ und die hoch-löbliche Zunfft in besser Geschicke bringen.

Ir. Ja/wo Recht und Gerechtigkeit aussen bleibet/ da fället es übern Hauffen.

Parl. Zuvörderst bedanck ich mich gegen den Herren Amts-Bruder/daß er sich als ein Zunfft-Meister/ über die hohen Tann-Zapffen hat bestellen lassen.

Ir. Es ist ein schweres Amt. Doch wozu treibet uns nicht die Liebe des Vaterlandes?

Parl. Darnach bedanck ich mich gegen alle Zunfft-Genossen/ daß sie keine Unkosten gesparet haben die Stühl und Kräntze zu verschaffen. (Al

Zweyfache

(Alle zusammen:) Es ist unsre Schuldigkeit/es ist gerne geschehen.

Ir. Nunmehr ist auch von nöthen/daß wir eine Taffel verfertigen/und alle Beysitzer ordentlich nach einander eintragen.

Parl. Ich finde bey den Wercke eine Weitläufftigkeit/man wird sich zuvor erkundigen müssen/wie sich alle Personen verhalten haben.

Ir. Ich meynte/der Krantz macht alles wieder gut/ wenn gleich ein paar Hur-Kinder mit unter lieffen.

Parl. Gleichwohl muß der Leute wegen etwas gethan werden. Ihr Herren/erzehlet nach einander/wie habt ihr euer Leben geführet? Wo seyd ihr gebohren/ und was habt ihr vor Eltern?

Con. Ich schäme mich meines Lebens-Lauffes gar nicht/ denn was mein Vater gethan hat/ mag er selber verantworten.

Ir. Saget alles mit guten Gewissen heraus/ es soll euch keinen Schaden bringen.

Con. Mein Vater ist in seiner Jugend mit einen Affection-Mädgen bekant worden.

Parl. Ey/ey/Affection-Mädgen/was ist das vor ein Ding! Pfuy/pfuy! unsere deutsche Helden haben vor Zeiten von diesen Worte nichts gewust.

Con. Ich werd es auch so schlecht weg hin nicht eine Hure heissen.

Parl. Eine Hur/ ey das ist ein schön deutsch Wort/ das wird mir niemand tadeln. Es solten sich alle Weibes-Bilder Glück wündschen/ daß sie noch also genennet würden. Und fürwahr/ ehe iemand meine Frau solte Madame heissen/ehe wolte ich sie auf rein-und hoch-deutsch lassen eine Hure heissen. Con.

Con. Ist denn an den Worten so viel gelegen?

Parl. Ach! freylich/ bestehet darinn das allermeiste: Wer mich einen Schelm heisset/ den vergeb ich die Sünde flugs: Denn ich erfreue mich noch/ daß ich ein hübsch deutsch Wort höre. Aber wer mich einen Coujon hiesse/ der müste sein Leben lassen/ und wenn er mir 20000. Thlr. vor den Schimpff zahlen wolte.

Con. Nun so mags drum seyn/ mein Vater hat sich mit einer Hure bekant gemacht.

Ir. Aber der heilige Ehestand hat euch wieder ehrlich gemacht?

Con. Es wäre wohl geschehen/ aber zwey Tage vor der Hochzeit hat mein Vater Kriegs-Dienste angenommen/ damit ist die Sache ins stecken gerathen.

Ir. Wie hoch hat ers bracht in Kriege?

Con. Ich weiß selber nicht.

Ir. Unsere Zunfft muß Nachricht davon haben.

Con. Ich sagte es gerne/ aber ich darff nicht.

Ir. Wer hat es verboten?

Con. Ich weiß nicht/ was ein Musqvetirer auf deutsch heisst.

Parl. Wer noch um Verzeihung bittet/ der mag ein fremde Wort mit unterbringen. Ein andermal sprecht nur ein Buff-Soldate.

Ir. Wer weiß ob Buff ein deutsch Wort ist/ ich wolte lieber sprechen ein Schieß-Knecht.

Parl. Wer kan davor/ daß sich die Gelehrten nicht vergleichen wollen? redet nur weiter.

Con. Weil ihr nun meine Ankunfft wisset/ so könnet ihr leicht gedencken/ daß die Auferziehung mag ziemlich schlecht gewesen seyn.

Ir.

Ir. Seyd ihr nicht in die Schule gangen?

Con. O ja/ich gieng in die Schule/ aber die Stadt ist mir ausgefallen/wie sie heisset. Das weiß ich wohl/ Peter Meffert war der oberste.

Ir. Der Mann ist mir nicht bekannt. Was habt ihr da gelernt?

Con. Lauter deutsch/ ich glaube nicht/daß in der gantzen Schule ein Lateinisch Buch ist gewest.

Ir. O gesegnet sey die Schule/da die Helden-Sprache getrieben wird.

Con. Endlich bin ich ein Fechter worden.

Ir. Ey/ey/das schicket sich nicht zum Studieren.

Con. Ich fürchte mich so sehr vor den Lateinischen Worten/sonst spräch ich ein Vagant.

Ir. Ey/sagt nur: Ein fahrender Schüler.

Parl. Er muß offte gefahren seyn/ich seh es ihm an den Schuhen an/wie er die Füsse wird geschonet haben.

Ir. Wieder ein Gelehrten-Streit. Macht doch etwas bessers.

Parl. Ich wolte sprechen: Ein müssiger Pflastertreter.

Ir. Warum nicht: Ein Fladen-Treter? Ich bleibe bey meinen fahrenden Schüler.

Parl. Aber solche Leute können auch von hohe Schulen.

Ir. So müste es heissen: Ein fahrender und herumschweiffender hoher Schulen-Genosse.

Parl. Das war eine Rede nach meinem Kopffe. So wollen wir den Vaterlande auf die hoch-deutschen Beine helffen.

Ir. Es ist gut. Doch ihr lieber Freund/ ist das euer gantzer Lebens-Lauff?

Con. Ja/so weit hab ichs bracht ausser meinen Eh-
ren-

ren-Stande. Ob ich bey meinen Tann-Zapffen werde höher kommen/das steht bey den Göttern.

Parl. Hätten wir doch bald den Namen vergessen/ wie heißt ihr?

Con. Sie haben mich Conus geheissen/ da bleib ich dabey.

Parl. Es ist auch billich/ daß ihr den Namen nicht verändert/ wenn es gleich Lateinisch klinget/ nur schreibet im Anfange nicht ein C. sondern ein K. aber wie hat sich der Nachfolgende versucht?

Mirab. Ihr Herren/ ich will meine Sachen kürtzlich vorbringen/ aber wenn ich spreche: Mit Gunst/so laßt mir doch ein ausländisch Wörtgen mit unterlauffen.

Parl. zum Anfange mag es hingehen/ macht es nur nicht zu grob. Eine Schwalbe macht keinen Somer/ und 12. Schnitzer verderben keinen Zunfft-Genossen.

Mirab. Mein Vater war/mit Gunst ein Notarius, und nahm zur Ehe/mit Gunst/eines Corporals Tochter. Hernach that er mich/mit Gunst/ zu einen Magister, daß ich/mit Gunst/ studiren solte/ aber ich hatte grössere Lust/mit Gunst/zu der Artollerie, und wie ich aufgenommen ward/ so begieng ich/mit Gunst/ein Crimen falsi, daß ich an denselben Orte nicht länger/ mit Gunst/subsistiren kunte.

Parl. Herr Amts-Bruder/ hat er auch gezehlet? wo er über 12mal kommt/ so leiden wir es nicht.

Ir. Seht ihr nicht/ da hab ich mein Messer/ ich schneide mir allezeit eine Kerbe in Mantel/ wenn er so spricht; Er soll uns nicht betrügen.

Mirab. Also kam ich/mit Gunst/zu einen Advocaten/ und ward / mit Gunst/ ein Serviteur, Da hab ich/ mit Gunst/in Praxi was begrieffen/daß ich also/mit Gunst/ mei-

meine Fortun in der Welt zu finden gedencke. Nun bin ich/mit Gunst/in diesen Orden/mit Gunst/ inviciret/mit Gunst/recipiret/ und mit Gunst confirmiret worden/ und weil ich/mit Gunst/coroniret bin/so werd ich/mit Gunst/ein guter Versi-fex werden.

Ir. Ey/mit Gunst/euch was anders auf den Kopff/ darüber möcht ich meinen Mantel gar zu schneiden.

Parl. Er gehöret in meine Zunfft/ich will ihm zureden/er wird sich weisen lassen. Aber wie heisst ihr?

Mirab. Mein Vater ist einmal/mit Gunst/von der Universität/mit Gunst/relegiret worden / da heisst er in Titel/mit Gunst/Mirabuldrius.

Parl. Wir müssen die Leute nehmen/wie wir sie kriegen/ wir wollen schon neue Namen austheilen.

Ir. Nun weiter in dem Text / Herr/wie stehts um euch?

Vermipulv. Hochgeschätzte Zunfft-Meister/ Hochgeehrte Zunfft-Genossen/ etwan so kürtzlich an meine Lebens-Beschreibung zu gedencken / wie man solches mit wenig Worten geben könte / und wie sich die gantze Sache nach einander verhalten mögte/ so ist demnach der Anfang davon also zu machen / wie etwan bewuster massen nach ein Lebens-Lauff pfleget eingerichtet zu werden/daß ich dannenhero ohne alle Weitläufftigkeit dieses sagen will/was bey solcher Gelegenheit am füglichsten kan gesaget werden.

Parl. Das ist kein geringer Kerl/ er fängt die Sache recht von vorn an.

Ir. Es wäre wohl gut/wer nur mehr Zeit hätte!

Parl. Lasst es nur gehn/wer den Eingang am längsten macht/der macht die andere Rede am kürtzsten.

Ver-

Vermipulv. Und also bewusten Eingange nach/ so hab ich ein gutes Zeugnis / und werde nicht allerdings säumig seyn / alles recht geschrieben aufgezeichnet und verfasset darzuthun / wie man solches etwan vormals vor dem Gerichte dargethan hat / und noch bey vorfallender Schwürigkeit darthun möchte.

Ir. Nein / der Kerl prediget mir zu lang. Wer seyd ihr?

Vermipulv. Kurtz auf die Frage zu antworten/ wie es etwan mein Respect erfordert / und etwan die Sache selber darinnen solte überleget werden / so bin ich bißhero nichts.

Ir. Ich verstehe das nicht.

Vermipulv. Irgend noch weiter davon zu reden/ und aller Weitläufftigkeit solcher massen zu vermeiden ⁃ ⁃ ⁃

Aqvavitæsorb. Ihr Herren / der gute Mensch kan sich mit den Reden nicht viel behelffen / ich will seine Stelle vertreten: Sein Vater ist ein Rattenfänger/ der handelte mit Wurm-Saamen / drum wie er in die Schule kam/ so kriegte er einen Lateinischen Namen Vermipulverius. Doch von den neunten Jahre ist er nicht wieder in die Schule kommen/ er ist auch nirgend in der Welt gewesen/ drum ist er nichts.

Parl. Wer nichts ist/ kan in unser Gesellschafft etwas werden. Doch was habt ihr vor ein Geschlechte?

Heroicolingvan. Die hell-glänzende Saphir-Scheibe hat in dem Cristallenen Firmamente die achtzehende Morgen-Röthe des Rosen-Monats hervorgebracht/ als die Freundligkeit meines seligen Vaters/ und die Fruchtbarkeit meiner Mütterlichen Liebe/ den

Lohn der ehrlichen Treue aus meiner Ankunfft erhielten. Niemals hat eine hell-flammende Wachs-Kertze solche Racketen von sich gespyen/ als die Väterliche Feuer-Pfanne/ ich will sagen/ sein inbrünstiges Hertze gebrennet hat/ den unpolirten Diamant-Stein meines Gemüths unter die scharffe Feile der Weißheit zu werffen.

(Hinter der Scene wird geruffen: Wer sind die Schelmen/ die uns das Graß auf der Wiese zutreten? Wir wollen sie pfänden/ daß sie weder Hut noch Mantel behalten sollen.)

Parl. Ihr Herren Zunfft-Brüder/ da ist nicht zu warten: die Leute sind bisweilen unhöflich / wir werden ihrer Grobheit mit einen geschwinden Abschiede zuvor kommen. (Sie nehmen ihre Stühlgen/ und lauffen geschwind davon.)

Dritter Auftritt.
Veit, Aschen, Lars.

Veit. WO sind die Schelmen/ die mir auf meinem Grund und Boden Schaden thun?

Asch. Ich sehe keinen Menschen.

Veit. Sie haben da gesessen/ man sieht es auch an dem Grase/ daß alles zutreten ist.

Asch. Haben sie da gesessen/ wo hätten sie denn ihre Stühl und Bäncke hingethan?

Veit. Das weiß ich nicht.

Asch. Es muß ein Gespenste seyn/ das mich bethöret hat; Mich dünckt selber/ als hätte ich einen rechten

Reichs-

Reichs-Rath beysammen geschehen. Aber es müste gleichwohl etwas davon verhanden seyn.

Lars. Ich müste etwa nachsuchen/ob die Stühl und Väncke mit wären lebendig worden.

Veit. Bleib hier/ es wird mir nicht wohl dabey/ wenn heute Walpurgis wäre/ so dächt ich/die Frey-Reuter hätten mir das Graß mit den Ofen-Krücken zerdruckt.

Lars. Wer ist denn der Kerl/ der dort hergeschlichen kommt?

Asch. Er kommt gar trotzig hergewandert als wenn ihm das Graß verdinget wäre.

Veit. Lasst ihn näher kommen/wir wollen mit einander reden.

Vierter Auftritt.
Die Vorigen und Kolbus.

Kolb. Ich will hoffen/ so bin ich geputzt genug/und in dem Habite werde ich den andern Herren wohl gefallen/ es kömmt mir auch immer vor/als wenn mir der Kopff wolte zu Versen werden/ seit ich den schönen Krantz aufgesetzet habe.

Asch. Holla! Vogel/ wo hinaus?

(Kolbus geht in tieffen Gedancken.)

Asch. Dich verlangt nach Schlägen.

Kolb. Ich bedancke mich vor diesen Morgen-Segen. Huy! das war ein Verß aus meinem Krantze.

Asch. Ich will wissen/ was du zu schaffen hast?

Kolb. Ich komm in Ehren als ein Gast.

Asch. Man bedancket sich vor solchen ungebetenen Gästen.

Veit. Was wollen wir mit dem Buben lange disputiren. Bekenne wer mir das Graß zu treten hat/ oder mein bloſſer Degen ſoll dir zehn Ellen unter die Hertz-Grube fahren.

Kolb. Ihr ſehet ſelber/ daß ich erſt herkomme.

Veit. Wer biſt du?

Kolb. Ein himmliſch-Geſinnter Geiſt.

Veit. Wer mir die Wieſe verderben kan/ der iſt kein Geiſt/ zu ſolchen Sachen gehöret Fleiſch und Bein/ wiewohl du magſt ſeyn wer du wilt/ du ſolt mir das Graß bezahlen.

Kolb. Ich habe im Sacke weder diß noch das/ Darum bezahl ich auch kein Graß.

Veit. (prügelt ihn.) Du Schurcke/ kanſt du diß und das?
Haſt du kein Geld/ ſo zutritt kein Graß.

Kolb. Das war ein grober Verß/ wer ein gantz Buch voll hätte/ der ſolte ſich wohl daran zu tode leſen.

Veit. Ich fange wieder an zu prügeln.

Kolb. So wündſch ich mir was von Adlers-Flügeln.

Aſch. Mein Herr/ der Kerl iſt nicht recht klug/ ſein Habit weiſt/ daß er einem Phantaſten ähnlicher iſt als einem Rebhune.

Veit. Höre/ biſt du ein Phantaſte?

Kolb. Heute geh ich nicht zu Gaſte.

Veit. Der Kerl wird mir verdrüßlich/ prügelt ihn von der Wieſe weg/ wir haben nöthiger zu thun/ über ſolchen Thorheiten möchte einem wol der Tag vergehn. (Sie prügeln ihn hinweg. Inwendig wird geſungen:)

1. Seyd

1.

Seyd wilkommen/ ihr Phantasten/
Und ertraget eure Lasten
　Gleich als eine Liebes-Schuld.
Denn wie kan euch was bethören?
Wer sich selbsten weiß zu ehren/
　Träget alles mit Gedult.

2.

Lernet nur vor allen Dingen
Deutschland auf die Füsse bringen;
　Denn der alte Helden-Muth
Lieget itzo gleichsam brache/
Wo man nicht der Helden-Sprache
　Wieder was zu gute thut.

3.

Lasst Latein und Griechisch fahren/
Nehmet keine falsche Wahren
　Irgend von Frantzosen an:
Lernet nichts von Welschen Leuten/
Weil man alles wohlbestreiten/
　Und in Deutschland haben kan.

4.

Nun ihr sollet überwinden/
Weil sich Helden-Geister finden:
　Seht/ die Weißheit trit herein.
Richter-Stuben/ Cantzeleyen/
Kauff- und andre Schreiberey
　Müssen eure Schüler seyn.

Zweyfache

Fünffter Auftritt.
Irus, Parlirus, Kolbus.

Irus. Guter Freund/ seyd ihr so übel ankommen?

Kolb. Ja der Krantz ist mir schon gesegnet/ wo die neue Zunfft alle Tage in solche Ungelegenheit geführet wird/ so wolt ich lieber im Anfange davon bleiben.

Parl. Wie gesagt: Himmlisch-gesinnete Gemüther fragen nach keinen Schimpffe/ wenn sie nur keinen undeutschen Namen bekommen.

Kolb. Er hieß mich einen Schurcken/ ich weiß wohl/ was das Wort heisst/ aber ob es recht deutsch ist/ davon mögen andere urtheilen.

Parl. Ein Schurcke/ ein Schurcke/ es reimt sich zwar auf Gurcke/ aber ich wolte/ man verwirrete sich nicht mit solchen Wörtern.

Ir. Aus den Lateinischen kommt es nicht/ denn es ist ein K drein.

Parl. Dem guten Menschen zu Troste mag es vor dißmal deutsch seyn. Doch/ wo haben sich unsere Zunfft-Genossen hin verstecket?

Kolb. Fürwahr/ der Edelmann wird uns einen Possen thun/ wir mögen wohl nicht gar zu weit an das Tage-Licht kommen/ die gantze Zunfft muß zusammen gefordert werden/ daß wir wegen des gemeinen Bestens mit einander schlüssig werden.

Ir. Der gute Rath ließ sich hören: Holla! ihr Zunfft-Brüder/ ihr Beysitzer/ und alle mit einander/ kommt her/ es giebet was zu rathschlagen. (Sie kommen alle heraus.)

Parl.

Parl. Aber setzet euch nicht zu weit in die Wiese hinein/ denn wir möchten Unglück haben. (Sie setzen sich.)

Sechster Auftritt.
Die sämtliche Compagnie.

Parl. Ihr Herren/ wir sind in unserm Gespräche verstöhret worden/ und ob wir zwar eines iedweden Lebenslauff noch gerne anhören wolten/ so werden wir doch durch ein hefftiges Unglück davon verhindert/ alldieweil der Edelmann dieses Ortes uns nicht mit Schwerd und Feuer/ sondern/ wie die Hunde/ mit Stecken und Prügel verfolgen will.

Ir. Es ist noch gut/ daß er Stecken und Prügel gebrauchen will/ denn die Worte sind noch gut deutsch/ aber die Karwatsche solte mich trefflich schmertzen.

Con. Ich meynte/ wenn das Leder von einer deutschen Kuh genommen wäre/ und der Riemer könte seine deutsche Ankunfft aus dem Geburts-Briefe beweisen/ so wäre Karwatsche wohl deutsch.

Ir. Ach/ es giebet unter den Handwercks-Leuten treffliche Sprach-Verderber. Ich ließ mir neulich bey dem Schneider ein Fest-täglich Kleid machen/ da war lauter Frisiren/ Pomperellen/ Frantzen/ Pointe de Venise/ de Prüssel der Pari: : GOtt verzeih mirs/ daß ich die lästerlichen Worte auf die Zunge nehme. Drum wer weiß von welchen Tarter oder Türcken die Riemer das Wort aufgelesen haben. Und solte ja Straffe seyn/ so kommen sie lieber auf gut deutsch mit Prügeln/ als auf Türckisch und Croatisch mit Karbatschen.

Parl.

Parl. Am besten/wenn man des Handels gar überhoben ist/ lasst doch eure Meynung herum gehen.

Ir. Der Unterste muß anfangen/ so finden die Obristen was zu verbessern.

Minorcus. Ich hielte davor/ man lieffe davon: Weit davon ist gut vorm Schuß.

Majorcus. Ich hielte davor/ man spräche / wir wären vornehme Leute/ wir hätten es nicht gerne gethan.

Aqvavitæsorbius. Wir wollen dem Edelmanne ein Gedichte machen auf seinen Namens-Tag / so wird er wieder gut.

Ridicul. Ein Kupfferstich stünde auch feine dabey.

Caprimulus. Es wäre gut/ aber wir müssen es drucken lassen.

Vermipulv. Und also hin würde man dieser Sache auch beyfällig.

Mirabuldrius. Mit Gunst/ es sein Bagatellen.

Heroicoling. Ich will ihn mit meiner Beredsamkeit überwinden.

Vernaculojact. Wer was zu verehren hätte / der träffe die Sache wohl am besten.

Kolbus. Ich habe meine Schläge weg/ will ein iedweder so viel einnehmen/ so wird die Sache verglichen.

Con. Was? wir wollen den Edelmann verklagen/ er muß wissen/ daß noch Obrigkeit im Lande ist.

Ir Mit einem Worte/ euer Rath taug nichts/ wir wollen uns zu dem Edelmanne machen/ und ihn ersuchen/ daß er sich über unsere Gesellschafft zum Schutz-Herren wolle bestätigen lassen.

Parl. Herr Anto-Bruder/ der Rath wird wohl der beste seyn; Aber ehe wir so ein wichtig Werck anfangen/

gen/ so müssen doch die Zünffte etwas ordentlicher eingerichtet werden/ sonst möchten wir bey dem Schutz-Herren mit grossen Schanden bestehen.

Ir. Die Zunfft-Meister sind fertig. Denn das bin ich und mein Herr Amts-Bruder.

Parl. Wir sind die Obersten/ aber nun bedürffen wir ein Paar Untersassen/ die uns in geringen Sachen beystehen.

Ir. Ich will einen aus meiner Zunfft erwehlen/ macht ihr einen aus eurer.

Parl. Meinet wegen. Doch wie wollt ihrs machen?

Ir. Da hab ich einen Apffel/ den will ich zu Stücken schneiden; Wer nun blintzling das gröste Stücke aus meinem Mantel erwischen kan/ der soll zu meinen Untersassen erkläret werden.

Parl. Es lässt sich hören.

Minorc. Ich will mein Maul so weit auffsperren als ein grosser.

Ridic. Wenn ich das Maul recht auffsperren solte/ so wäre der Apffel gantz gefressen.

Ir. Nun lasst sehn/ wer kan am besten schnappen. (Sie schnappen nach einander/ und behalten das Stück im Maule.)

Ir. Sieh da/ Herr Conus hat das beste Stück/ er soll auch hiermit Untersasse werden.

Con. Hat mir doch die Zeit meines Lebens kein Apffel so gut geschmeckt.

Ir. Ihr andern/ flugs macht Verse auf den neuen Herrn Untersassen.

Aquavitzſorb. Viel Glücks zum neuen Unterſaſſen /
Wenn uns der Herr will hängen laſſen.
Ridic. Ich wünſch ihm Segen / Glück und Heil /
Er uns befördern ſoll die Weil /
Er leuchte wie des Himmels Glantz /
Das wünſcht uns Herr Ridiculantz.
Vernaculojact. Der deutſchen Sprache Zierligkeit
Sey ſtets ſein ſchönſtes Ehren-Kleid.
Vermipulv. Nicht Erde / auch nicht Himmel nicht /
Der Helden Sitz ſich wol verſpricht.
Minorc. Das Glücke woll den Herrn Unterjaſſen
Bald etwas beſſers an einen Fürſtlichen Hofe werden laſſen.
Ir. Ich wünſch euch allzeit das Glücke /
Und von den Apffel das gröſte Stücke.
Con. Ihr lieben Herren / was mich belangt /
So ſeyd doch alle gar ſchön bedanckt.
Ir. Ach geſegnet iſt eine Zunfft / da es ordentlich zugeht.
Parl. Ich will es noch beſſer treffen / wenn ich meinen Apffel-Muß da hätte / ſo müſten wir alle das Maul auffſperren / und ich ſchlüge mit meiner breiten Hand ſo hinein / wer das gröſſte Stücke bekäme / der wär Unterjaſſe.

Ir.

Ir. Doch was ist nun zu thun?

Parl. Da hab ich Erbsen bey mir/ da sollen sie vor mich treten/ und die Mäuler auffsperren/ wer die meisten Erbsen aus dem Maule bringen kan/ der soll die Ehren-Stelle weg haben.

Kol. Verfehlt nur am werffen nicht/ am schnappen soll es nicht mangeln/ ich will einen Rachen auffsperren als ein Scheun-Thor.

Parl. Nun/ es gehet an; Seyd ihr alle fertig? (Er wirfft.)

Butyrolamb. Ich habe zehn Erbsen.

Majorc. Ich habe einen hohlen Zahn/ da fühl ich ihrer zwölff drinnen.

Mirabuld. Ich habe/ mit Gunst/ ein Vitium Lingvæ an den hindersten Backen-Zahne/ davor kan ich die meisten nicht zählen.

Parl. Ich habe ein Schock Erbsen ausgeworffen.

Kol. Und ich habe sechs über ein Schock.

Parl. Es ist ein Wunderwerck/ sie haben sich vermehret. Flugs schicket euch zu Gedicht-Reimen.

Butyrolamb. Herr Kolbus hat numehr die Erbsen
recht gefangen/
Derhalben kan er auch in sein
Ehren prangen/
Ich wündsch ihm Glück und Heil/
daß er von diesen Tag/
Bis auf das Alter hin/ satt Erb-
sen fressen mag.

Denn das heisst: Er soll immer zu höhern Ehren-Stellen kommen.

Caprim.

Zweyfache

Caprim. O Wonne/ô Freude/ô Freude/ô Wonne!
Nun scheinet der Monde/ nun scheinet die Sonne/
Weil unser Herr Untersaß/ der brave Mensch
, , , (Er besinnet sich.)
Fürwahr/ich kan den Verß nicht voll machen.

Parl. Ein andermal brauche den hurtigen Reüschlitten/ so reimet sich etwas auf Mensch.

Miraß. Wolan/ so wünschen wir/ mit Gunst/ so viel Courage,
Als er bedürffen wird/ mit Gunst/ zur Avantage.

Parl. Hat euch denn nun mit Gunst so hefftig eingenommen/
So mögt ihr wohl mit Gunst/ zu mir zur Kürmiß kommen.

Majorc. Guter Freund/ helfft mir doch aus.
Minorc. Was hab ich zum besten?
Majorc. Meinen alten Feder=Kleppel.
Minorc. Nun ich will hinter euch treten/ sprecht nur ein nach. (Er spricht es heimlich vor/ dieser wiederholet es laut/ und verändert am Ende allzeit den Reim.)

Majorc. Ach kommt heran/ ihr lieben Leute/
Was haben wir vor Freuden diesen Tag;
Wündscht diesem Herren Glück und Heil/
Und immerfort das beste Stücke.

Heroi-

Heroicoling. So kom/du helles Licht/mit dei-
nen muntern Pferden/
Die zwey-gespitzte Burg soll dir
eröffnet werden/
Der Obersaß ist Gold/der Unter-
sasse muß
Dem Silber ähnlich seyn. O Se-
gens-Überfluß!
Parl. Wohlan! wir haben nun den Untersassen
fertig/
Er bleib uns Obersten gehorsam und
gewärtig/
So fürchten wir uns nicht vor allen
Glückes-Spiel/
Wo nur der Edelmann noch Schutz-
Herr werden will.
Kolb. Weil mich der Buckel nach Ehren juckt/
So hab ich ein Schock Erbsen verschluckt/
Sie schmackten mir wie Honig-Fladen/
Ich denck/sie werden mir nicht schaden.

Parl. Nun wieder eine schwere Sache beygeleget/ aber nun bedürffen wir einen Schreinhalter.

Kol. Was ist das vor ein Ehren-Amt/ ein Schweinhalter?

Parl. Bey den Undeutschen heisst es ein Fiscal.

Kol. Fisch-Zahl ist doch ein deutsch Wort.

Parl. Viscus heisst auf Lateinisch ein Schrein oder ein Kasten/ weil wir nun einen Ort haben müssen/ da unsere Gedichte beygeleget werden/ so müssen wir darüber einen Schreinhalter setzen.

Irus.

Ir. Zur Noth könt er auch die göldenen und silbernen Becher verwahren/ die uns etwa mit der Zeit möchten geschencket werden.

Parl. Die Leute verehren itzund nicht viel göldene Becher/ aber wenn unsere Gesellschafft zu Stande kommt/ so werden wir mit den Einschreiben nicht so freygebig seyn: Also hätt er doch das Einschreibe-Geld zu verwahren.

Ir. Wer soll aber das Amt haben? Wo Geld einzunehmen ist/ da zancket man sich gerne drum.

Parl. Wir wollen wieder loßen/

Ir. Huy! noch einmal mit Erbsen?

Parl. Ich dachte mit Kirsch-Kernen: Der Herr Untersasse soll sich die Augen verbinden lassen/ und wir wollen unsere Zunfft-Genossen hin und her stellen: Wen er nun ertappen wird/ der soll Schreinhalter seyn.

Ir. Es lässt sich doch hören. Ihr Herren/ seyd ihr zu Frieden?

(Alle zusammen.) Ja/ ja: Glück und Heyl den künfftigen Herrn Schreinhalter.

Parl. Nun/ mein Herr Amts-Bruder/ lasst euch die Augen verbinden/ und dencket/ daß ihr ein schwer Werck auf das Gewissen nehmet. Wo der Schreinhalter ein Schelm ist/ da ist die gantze Zunfft verrathen.

Kol. Ich will es gerne thun/ aber zweyerley will ich vor aus dingen: Erstlich sollen die andern nicht mit mir zörnen/ die nichts bekommen/ und welchen ich habe/ der soll nicht zörnen/ daß ich grob zugreiffe.

Parl. Himmlisch-gesinnete Geister zörnen nicht.

Er

(Er verbindet ihn die Augen/ und stellet alle absonderlich.)

Kol. Wenn ich tappen soll/ so sagt mirs.

Majorc. Ich halte/ ich habe meinen Feder-Klöppel verlohren. (Er will ihn suchen.)

Minorc. (stösst ihn.) Es schickt sich gleich/ daß man aus der Reihe lufft. Das gilt nichts.

Kol. (kriegt allebeyde zu fassen.) Ha/ ha! da hab ich den Schweinhalter / die Sau wird müssen groß seyn/ die ihm entlauffen soll. (Er zeucht das Schnupff-Tuch ab.)

Ir. Das gilt nicht/ es sind ihrer zwey / und wir bedürffen nur einen Schreinhalter.

Majorc. Er hat von der grossen Sau geredt/ er meynt euch.

Minorc. Er hat mich aber gehascht/ ich bin so nahe dazu als ein ander/ ich will noch ein Schreinhalter bleiben/ wenn du wirst ein Schwein-Treiber werden.

Majorc. Ich weiche nicht.

Minorc. So bleib stehen/ ich bleibe doch Fischzahl.

Ridicul. Ach/ ihr Herren Zunfft-genossen / dort kommt ein Troupp, mit Gunst/ eine Rotte Bauren her/ der Edelmann hat gewiß seine Leute aufgeboten / wir mögen nur bey zeiten ausreissen/ und die Schweinhalters-Sache bis auf bequemere Zeit verschieben.

Parl. Es ist Zeit wegen des Schutzherrens/ wir zwey Herren Zunfft-Meister werden die Sache vortragen müssen.

Majorc. Und der Schutz-Herr mag des Schweinhalters wegen Richter seyn.

Minorc. Ich will nicht erschrecken.

Ir. Ihr Leute/macht eines nach den andern/wenn der Schutzherr fertig/so zancket euch um den Schweinhalter. (lauffen davon.)

Siebender Auftritt.
Aschen, Lars.

Asch. Was haben die Bauern vor Nachricht?

Lars. Sie wissen selber nicht/was sie dencken sollen/halb sehen sie aus wie Leute/halb wie Narren/und halb wie Rübezahl.

Asch. Mein Gerichts-Herr hat gleichwohl sein Gut ehrlich bezahlet/kan Rübezahl einen bessern Kauff-Brieff aufweisen/so müssen wir einen Richter leiden.

Lars. Die Bauern sehen sie offt beysammen sitzen/und wenn sie weggehen/so sind Stühle und Bäncke verschwunden.

Asch. Der Herr Pater ist nicht zu Hause/sonst liessen wir die bösen Dinger beschweren.

Lars. Von weiten scheinen sie gar fromm/wenn sie iemand beschweren wolte/so liessen sie wohl mit sich handeln/und nehmen etwas pro redimenda vexa.

Asch. Ich weiß nicht: Doch wer klopfft an!

Lars. Ich will darnach sehen.

Asch. Ein Verwalter hat einen beschwerlichen Dienst/ich habe 10. Partheyen abgefertiget/nun komt schon die eilffte wieder.

Lars. Mein Herr Verwalter/was neues!

Asch. Ich dachte was altes.

Lars. Es sind zwey Kerlen vor der Thüre/die auf unserer

unser Wiese herumgehen/ und in allen mit dem Herren gerne reden.

Asch. Mit mir? Ey was haben sie mit mir zu thun? sage ich bin nicht zu Hause/ ich habe keine Bestallung vor solche Polter-Geister.

Lars. Ey/ ey sie sind grob und kommen selber herein.

Asch. So muß ich doch des Ausganges erwarten.

Achter Auftritt.

Irus, Parlirus, Aschen, Lars.

Parl. Dem Herren Verwalter so viel Seegen/ als Sonnen-Stäublein in der Lufft.

Ir. Und so viel lustige Tage/ als in hundert Jahren Stunden seyn.

Lars. Herr die Geister meynen es gar gut/ wir wollen sie nur reden lassen.

Asch. Grossen Danck/ was ist euer Anbringen?

Parl. Erstlich wolten wir um einen sichern Eintritt bitten.

Asch. Ihr habt den Eintritt schon selber genommen.

Irus. Herr Amts-Bruder/ ich sagt es wol/ ihr solt nicht so ein grober Flegel seyn/ und flugs gleich zutölpeln.

Parl Es ist geschehn/ Herr Verwalter um Verzeihung.

Asch Was habt ihr aber zu suchen?

Parl. Groß-Thätiger und Ehren-mächtiger Herr/ eure Groß-Thätigkeit wolle kürtzlich vernehmen/ daß hier eine Gesellschafft der Himmlisch-gesinneten Gemüther zusammen verbunden ist/ welche das verderbte Deutschland wieder auf den rechten Weg helffen/ und allem Unheil krächtiglich widerstehen wird. Wenn sie

denn

denn einen vornehmen Schutz-Herren bedürffen/ (er bleibet stecken)

Asch. Redet weiter ihr habet Audientz.

Parl. Herr Amts-Bruder so gehts/ wenn ihr mir was vorschreibet/ nun bleib ich stecken/ da wir das beste gedencken sollen.

Irus. Groß-Thätiger Herr Verwalter/ der kurtze Innhalt ist dieser: Unsere Himmlisch-gesinnte Gesellschafft wolte den gestrengen Juncker gerne zu ihren Schutz-Herren haben.

Asch. Wer seyd ihr denn?

Irus. Wir sind die vortrefflichsten Leute von der Welt/ wir schreiben Bücher/ wir machen Gedichte/ wir theilen Ehren-Aemter aus; mit einem Worte/ wir machen die sterblichen Leute unsterblich.

Asch. Ich habe von solchen Leuten gehört/ ich erfreue mich/ daß wir einander so nahe kommen/ ich will sehen/ was mein Gestrenger Juncker belieben wird.

Irus. Er sey gebeten und thue das beste/ wir wollen den Herren gerne zu unsern Ober-Cantzler machen.

Asch. Es wäre genung/ wenn ich ihr Mit-Glied würde.

Irus. Ach nein/ ach nein/ die Bemühung ist zu groß/ die unsertwegen geschicht/ hiermit sey er unser Cantzler/ und höre das Glück-Wünschungs-Gedichte in allen Gnaden an.

Irus. Wenn ich der Oberste-Zunfft-Meister seyn soll/ so will ichs thun.

Parl. Nein/ nein ich bleibe bey der Ehre.

Wol-Edler lieber Herr/ Tugendhafft/ Ehrenvester/

Gleich

Gleich wie ein Sperling liebt die warmen
Schwalben-Nester/
So liebet auch fürwahr seine Groß-
Thätigkeit (Zeit.
Die Zunfft-Genossen hier / ö angenehme

Asch. Ihr Herren / ihr seyd von der rechten Gattung/ und ob ich mich der Ehre zwar unwürdig achte/ so will ich doch ihre Wolthat nicht verschmähen / wartet für dem Schlosse auff/ und lasset eure Compagnie zusammen kommen/ gleich diesen Augenblick soll der Juncker euer Schutzherr seyn.

Parl. Ach! mit was für Worten/ ach! mit was für Gedichten.

Asch. Spart die Worte/ spart die Gedichte/ bringt eure Leute zusammen/ es ist alles richtig.

Parl. Nun so bleibt es darbey/ wir wollen die Worte sparen. (gehen ab)

Asch. Da kriegen wir die Narren in eine Compagnie zusammen/ das wird eine rechte Freude vor unsern Juncker seyn.

Neundter Auftritt.

Veit, Aschen, Lars.

Veit. Was erhebt sich vor ein Tumult an unserm Schloß-Thore.

Asch. Gestrenger Juncker/ ich habe eine Kuppel Fantasten zusammen getrieben / die wollen sich nun gerne hetzen lassen.

Veit. Verlohnt sichs auch der Müh?

Asch. Ich will es hoffen/ es ist eine Kuppel-Poeten / die haben eine Gesellschafft untereinander angefangen/

Zweyfache

fangen/ und nun kommen sie / und wollen den gestrengen Juncker zu ihren Schutz-Herren annehmen.

Veit. Ey das sind die rechten Gäste/ es ist nur Schade/ daß ich keinen guten Freund soll haben/ der die Kurtzweile geniessen hielfft.

Asch. Wir wollen sie zuvor fertig machen / hernach giebt es immer Gelegenheit / daß wir Gäste darzu bitten.

Veit. Wolan! so mögen sie hereinkommen / sagt nur/ daß ich keine weitläufftige Complimenten verlange/ sie sollen mit mir umgehen / als wenn ich zehn Jahr ihr Schutz-Herr gewesen wäre.

Asch. Ich will nichts vergessen. (geht ab)

Veit. Und du schaffe die Bäncke zusammen/ ich muß sie Ehrent-halber sitzen lassen.

Lars. Es bedarff die Sorge nicht/ sie tragen ihre Stühle unter dem Mantel.

Zehender Auftritt.

Aschen bringt die gantze Compagnie.

Asch. Hier bring ich die lieben Leute/ ich habe ihnen gesagt / daß ihre Hoch-Adeliche-Gestrengigkeit sie gerne beschützen wolten / drum nehmen sie es zu Dancke an.

Veit. Es ist gar gut/ setzt euch nieder. (Sie setzen sich/ und kehren den Rücken gegen den Edelmann.)

Veit. Das ist schlechter Respect vor den Schutz-Herren/ daß ihr ihm den Rücken zukehret.

Parl·

Parl. Der Hochmögende Schutz-Herr wolle sich nicht verwundern/ wir haben hohe Ursachen.

Veit. Ich möchte sie anhören.

Parl. Mein Herr Amts-Bruder macht allemal ein schlimp Maul/ wenn er was zu gedencken hat / so will er sich die Leute nicht gerne ansehen lassen.

Irus. Und mein Herr Amts-Bruder krummelt gerne mit den Fingern im Maule/ so wil er auch gerne im Schatten sitzen.

Kolb. Ich habe die Gewohnheit / daß ich mit den Maulepfeiffe/ hinter den Rücken weiß niemand/ wär es gethan hat.

Con. Und ich schlage die Beine gerne übereinander/ das möchte vor den Leuten auch nicht fein stehn.

Majorc. Und wenn ich/ mit Gunst/ Verse machen wil/ so muß ich um Mitternacht auffstehen/ und darum gähne ich den gantzen Tag/ wie ein Windhund. Also darff ich vornehme Leute nicht erschrecken.

Veit. Die Ursachen sind erheblich/ aber ich werde etliche Specialia erkundigen müssen.

Parl. Aui/ Juncker!

Veit. Was ist da?

Parl. Ach er spreche nicht specialia, das Wort ist nicht deutsch/ es thut mir in der Seele weh/ wenn die Helden-Sprache geschimpffet wird. Ach! er frage nach etlichen Sonderlichkeiten.

Veit. Nun es mag heissen wie es wil/ was habt ihr vor einen Heiligen.

Parl. Daran haben wir noch nicht gedacht / doch wir wollen flugs einen fertig machen / Herr Amts-Bruder/ wen wolt ihr haben?

Irus.

Zweyfache

Irus. Ich bleibe bey Hans Sachsen / denn mein Hertz im Leibe lacht mir/ wenn ich sehe / wie er sein Gedichte so artig beschlüssen kan :

Daß Glück und Seegen auferwachs/
Einen guten Abend wünscht uns
Hans Sachs.

Kolb. Ich habe einen bessern/ der beschleust seine Verse so :

Er ist der Seeligkeit ein Geber /
Das wünscht uns allen Wilhelm
Weber.

Con. Ich weiß einen/ der kan so beschlüssen:

Ich wünsch euch Glücke zu der Freyt/
Heil/ Segen/ Trost und Fruchtbarkeit/
Es komm über kurtz oder über lang/
Das wündscht euch Michel TheuerDanck.

Majorc. Ey was fehlt denn meinem Heiligen/ der schreibt so :

Ich wündsch euch Leben/ Glück und
Ruh/
Und auch ein reiches Weib darzu/
Es käum über lang und über kurtz/
Das wünscht uns allen : * :

Parl. Rauß mit den Heiligen.

Majorc. Ja wer auch alles gedencken könte.

Minorc. Ich will den Reim voll machen.

Majorc. Nein/ nein/ ich besinne mich: Das wünscht uns Merten Nessel-Sturtz.

Ridiculant.

Ridiculant. Ey was wollen wir so viel Heiligen machen? wenn wir einen behalten/ so mag es gnung seyn.

Aqvavitæsorb. So wil ich einen vorschlagen/ ich habe ein Buch von Jacob Vogeln/ der ist ein Bader zu Stössen gewesen/ irgend zwey Meilen von Weissenfels/ der muß ein vornehmer Kerl seyn. Denn ein Comes Palatinus D. Hantschmann hat ihn durch einen Professor Poëseos zum deutschen Poeten krönen lassen/ dannenhero fängt er auch eine Comoedie mit diesen Worten an:

Deutschland hat zwar einen Lutherum,
Aber noch keinen Homerum,
Einen rechtschaffenen Propheten/
Aber noch keinen Poeten.
Nun aber thut GOtt erwecken frey/
Einen Vogel der ohne Scheu/
Zum deutschen Poeten gekrönet ist/
Von hohen Leuten dieser Frist.

Parl. Der Mann gefält mir wohl/ aber Propheten und Poeten ist nicht deutsch/ ändert mir die Verse:

Einen rechtschaffenen Weissager/
Aber um die Verse stehts noch mager.

Veit. Ist der Heilige nun fertig?

Parl. Ja es ist der heilige Jacob/ sonst Vogel genant/ wol verdienter Bader zu Stössen.

Veit. Auff welchen Tag ist sein Gedächtniß gefällig?

Irus. Ich halte auff die Ascher Mittwoche/ da gehen die Leute ins Bad/ daß ihnen nicht der Rücken weh thut.

Veit. Ich höre aber so viel/ daß ihr in euern Stimmen nicht einig seyd. Ich werde dem Ober-Cantzler die Vollmacht aufftragen / daß er euch so wol einen Heiligen / als auch ein rechtes Ordens-Siegel verschaffen soll.

Irus. Wir richten uns in allen gar gehorsam nach dem Ober-Haupte.

Asch. Ich fühle die Schwerigkeit meines hohen Amtes / doch wo will ich hin / nach dem ich ein gebietendes Ober-Haupt vor mir sehe. Meines erachtens muß der Heilige etliche 100. Jahr alt seyn.

Irus. Aber wir gehen auff neue Künste.

Asch. Unterdessen reiniget ihr die alte Helden-Sprache und schaffet den neuen Unflat heraus. Drum lasset euch den alten Dichter befohlen seyn / der numehro fast vor 500. Jahren gelebet hat / der heisset Walther von der Vogelweide / und ist so berühmt gewesen / daß er Käysern Philippen sein Buch zugeschrieben hat.

Veit. Wolan! Walther von der Vogelweide soll euer Heiliger seyn; dessen Ebenbild soll nicht weit von unser Vieh-Weyde / bey den Ebschbäumen auffgerichtet werden / doch mit dem Anhange / daß der jüngste Ordens-Bruder dem Bilde die Fliegen-Flecke alle Jahr abwischt: Sonst möcht es zu sehr beschniessen werden / daß es hernach die Leute nicht anbeten wolten.

Irus. Ach schönen Danck vor die hohe Gnade. Der Heilige ist uns angenehm. Der Jungmeister soll auch das seinige thun. Wo wir ein Siegel kriegen / kan es auch mit angehencket werden.

Asch. Ubereilt mich nicht. Ihr seht / daß mir die Wunderschöne Erfindung schon im Halse steckt. Lasset einen grossen / und von 150. Kühen gesamleten Mist-Hauffen in euer Siegel stechen.

Parl.

Parl. Ey gnädiger Herr Cantzler/ wo haben wir das stinckichte Sinnbild verdienet?

Asch. Die unreine Sprache ist wie ein Mist-Hauffen/ doch sollet ihr die Gabel euer Weißheit anwenden/ damit der Unflat einmal von der Thüre weggeschaffet wird.

Parl. Ja wenn alle Leute so spitzfindig wären / es möchte einer wol dencken/ als wenn unsere Künste wie garstige Mist-Hauffen in die Bücher geschmieret würden. Ich habe es noch nicht vergessen / daß ein höhnischer Bösewicht meine Zunfft-Genossen neulich in der Schencke Mistmacher-Gesellen geheissen hat.

Asch. So schreibt einen Denck-Spruch darzu:
Der Reinigkeit zu Ehren /
Soll mich kein Stanck bethören.

Parl. O Walther sey mir gut ich liebe meinen Mist /
Weil er ein Zeugniß giebt / daß man nicht garstig ist.

Veit. Ist noch etwas mehr zu gedencken?

Parl. Nein wir wissen nichts.

Minorc. Ey ich weiß aber gar zu viel. Großmächtiger Herr Schutz-Herr/ da haben sie mich einmal zu ihren Schreinhalter gemacht / und wollen gleichwol ihr Wort nicht halten.

Veit. Ey/ ey wo ich Schutz-Herr bin / da darff sich niemand zancken; die Sache muß vertragen werden.

Minorc. Wenn ich das Amt kriege/ so ist alles vertragen.

Veit. Wer hat etwas darwider zu sprechen?

Majorc. Herr/ das bin ich.

Veit.

Veit. Worauff beruhet das Werck?

Irus. Herr wir spielten der blintze Kuh/ und wer sich haschen liesse/ der solte Schreinhalter seyn; So traff sich das Unglück/ daß ihrer zwey mit einander gehascht worden.

Veit. Theilt euch in die Aemter/ der grosse war vor die Hackfche/ und der kleine vor die Frischlinge.

Parl. Ein anders heisset Schwein/ ein anders heisset Schrein.

Veit. Nun so kommt doch her/ wer seine Sache am besten außführen kan/ der soll Schweinhalter werden.
(Sie stehen auff)

Majorc. Da steh ich/ ists nicht wahr/ ich könte sein Vater seyn.

Minorc. Ey mein Vater ist kein Narr/ aber da steh ich/ ich könte dein Ochsen-Treiber seyn.

Majorc. Bin ich ein Ochse/ so bistu ein Gold-Käfer/ wer das beste Ansehen hat/ dem gehöret auch das beste Amt.

Minorc. Ich bin ein Gold-Käfer in Duodez, du bist einer in groß Folio, aber mit Gunst/ daß ich nicht deutsch rede. Doch man mist die Flegel nicht mit der Elle aus/ hab ich einen kleinen Leib/ so hab ich ein groß Gemüthe.

Majorc. Ein grosser Thaler ist mir allzeit lieber als ein kleiner Weißpfennig.

Minorc. Ich gebe es zu/ aber ein klein stück Gold/ wie ich bin/ das ist besser/ als ein grosser Kuh-Fladen/ wie du bist.

Majorc. Ich bedarff 6. Ellen mehr zum Kleide/ als du/ so muß ich auch um 6. Ellen besser seyn.

Minorc.

Minorc. Ja/ ja du haſt 6. Ellen mehr Unflat/ als ich am Leibe.

Majorc. Je du Diſtel-Fincke.

Minorc. Ein Eſel iſt eine Diſtel-Fincke/ und das biſtu/ ſage mir nur/ in welche Pfote nimmſtu die Feder/ wenn du ſchreiben wilt/ in die hinterſte/ oder in die förderſte?

Majorc. Sage mir doch/ im welchen Schu haſtu Bley gegoſſen/ daß dich der Wind nicht weg führet?

Minorc. Das Bley in den Schuhen gehet wol hin/ aber dein Vater hat das Gehirn vergeſſen/ der hat deinen groſſen Schädel mit Grütz-Pappe gefüllt. Und wenn meine Füſſe ja ſo ſchwer ſind/ komm her/ wir wollen um die Wette tantzen/ ſiehe da/ thue mirs nach/ biſtu böſe?

Veit. Stille/ ſtille ihr komt zu tieff in die Schrifft. Es ſtehet einer himmliſch-geſinnten Zunfft gar übel an/ daß man ſolche Zänckereyen darin vornimt. Laſt ſehen/ wer am höchſten ſpringen kan/ der ſoll Schweinhalter ſeyn.

Majorc. Ich hebe mein Bein auff/ ſo bin ich höher/ als der Zaun-König fliegen kan.

Minorc. Und ich ſpringe dem Adler auff den Kopff/ ſo fleucht der Zaun-König am höchſten. (Er huckt ihm auf)

Majorc. Ey das gilt nicht.

Minorc. Genung/ daß ich der Höchſte bin/ und wilſtu das nicht gläuben/ ſo wil ich dirs an deinen Ohren beweiſen.

Majorc. Aw/ aw/ Herr Schutz-Herr/ ich leide Gewalt.

Veit.

Veit. Ja wol ist die Gewalt zimlich groß/ wenn
manso ein Ehren-Amt verliehren soll/ ich kan nicht da-
vor/ der kleine hat gewonnen. Ihr Zunfft-Brüder
macht Verse.

Parl. So haben wir einen gar feinen
Schweinhalter/
Er ist ein junger und kein alter.
Ich wüntsche ihn das Glück auß den
gantzen Psalter.

Irus. Wolan! er halte diesen Schrein
Vor aller Schelmen-Stücken rein/
So wird er auch auf dieser Erden
Noch wol ein Ober-Zunfft-Mei-
ster werden.

Kolb. Ich wünsche Glück dem Schwein-
halter/
Und noch mehr Glück dem Herrn
Verwalter/
Den wir itzund gemachet han
Zu unsern Cantzler lobesan.

Con. Die weil der kleine triumphirt/
Und den grossen beym Ohren führt/
So wird er auch/ wie sichs gebührt/
Mit Schweinhalters Respect geziert.

Mirabul. Der Fisch-Zahl ist mit Gunst ge-
macht/
Doch niemand hat darauf gedacht/
Ob auch ein Schrein verhanden ist/
Darinn er seine Sachen schließt.
Das ist fürwahr ein grosser Hohn/
Und mit Gunst/ ein Hysteron Proteron.

Heroicolingvant.
 Wie viel der Perlen Thau Schmarag-
  den von sich giebt/
So vielmal werd auch hie Schreinhal-
  ters Treu geliebt/
Die Sonn soll 50 mal um ihren Thier-
  Kreiß wandeln/
So wird der Demant Freund in seinem
  Schreine handeln.

Ridicul. Ihr lieber Freund ich wünsche
  Glücke
Zu euern neuen Meister-Stücke.
Nur seyd gebeten fahrt mir doch
Nicht etwa in das Schlüssel-Loch.

Aqvavit. Die weil ihm sein Glücke blüht/
So wünsch ich ihm viel Aqvavit.

Parl. Dir den Aqvavit auf den Kopf: Kanstu nicht sprechen
Dein Glücke blüht auch gar zu fein
Drum wünsch ich dir viel Brandte-
  wein.

Aqvavit. Der Ober-Zunfft-Meister macht
  mich irre.
Drum mach ich nicht viel gut Ge-
  schirre:
Doch habe der Herr Schweinhalter
  so viel Glücke-Draat/
So viel eine Sau wol Borsten hat.

Vermic. Liebsten merck doch treuen Schluß
Und des Neides Uberdruß.

       Sehr

Seht/ seht doch seht wie frölich geht
Des Schweinhalters Majestät.
Parl. Pfui/ pfui/ sprecht Ober-Heiligkeit.
Verm. Aber es reimt sich nicht so hübsch.
Parl. Wer fragt nach dem Reime/ wenn die Sprache richtig ist. Doch weiter in den Text.
Verm. Zeuch hin/ zeuch immer hin/
Du hast nu dein Gewinn,
O frölliche Zeiten/ ô lustiges Leben/
Wofern du wirst ein Schmäußgen geben.
Butyr. Gleichwie ein Edelstein im Ringe prangen thut.
So zierstu unsre Zunft du Adeliches Blut.
Caprim. Was seh ich hie die Sterne tantzen/
Um des Schreinhalters-Haus herum/
Die Götter machen selbst die Arme krum
Und trincken eins zu halben und zu gantzen.
Veit. Der neue Herr Schreinhalter ist etwas stoltz/ er würde sich sonst mit Versen bedancken.
Minorc. Man lasse mir nur Zeit/ nun trifft mich erst die Reihe.
Sie haben mich gar wol mit einem Amt bedacht/
Doch hat mein Gegentheil mir keinen Reim gemacht.
Nun seht wie fromm ich bin/ daß ich ihm alls verzeihe. Veit.

Veit. Ey/ ey das muß nicht seyn. Es darf keiner aussen bleiben/ sonsten wird meine Schutz-Herrschafft geschimpft.

Parl. Nu wie stehts Langer? Wer unter den Wölffen ist/ der muß heulen: Und wer sich in Himmlisch-gesinnte Geister menget/ der muß reimen.

Majorc. So nehmt doch endlich meinen Reim/
Ich wünsch euch Milch-und Honig-Kuchen/
Lebt lange/ lebt biß an den Todt/
Das wünsch ich euch ohn allen
Schimpf.

Eilffter Auftritt.
Die vorigen.

Asch. Hoch-tieffsinnige / hoch-tief-begeisterte / und durch allerhand Künste geadelte Herren Zunfft-Meister/ Unterfassen/ Schweinhalter/ Beysitzer u. d. g. Weil numehr eure löblich Zunft in allen Gliedern so wol uñ köstlich bestellet ist/ als hat mein hochgebietender Juncker das gute Vertrauen/ sie werden drey hochwichtige Fragen / welche für seinem Gerichte schweben / ihrer hoch tieffsinnigen Weißheit nach erörtern.

Parl. Edler/ Großthätiger/ Hoch-wol-deutsch gesinnter Herr Verwalter und Cantzler.

Irus. Ey ich muß auch was darzwischen reden : wer sagt denn/ daß Cantzler ein Deutsch Wort ist?

Parl.

Parl. Ich schreibe es mit einen K. das bedeutet einen Mann/ der alles kan/ und darum sage ich euch zu trotz Herr Cantzler/ wir sind schuldig allen bedrengten Personen mit Hülffe zu erscheinen/ vielmehr einem solchen hoch-mögenden Schutz-Herren.

Asch. Die Streit-Sachen sind diese / erstlich haben ihr zwey miteinander gewettet/ ob das Wort Stiefel ein recht/ ächt und eigendlich deutsches Wort sey? Weil sie nun darüber zu Schlägen gerathen/ so muß man auß den grundmäßigen Lehr-Sätzen eurer Helden-Sprache das Werck erforschen.

Parl. Eine schwere Sache/ dabey man die Köpffe weidlich wird zu brechen müssen.

Asch. Die andere Streitigkeit verhält sich so/ der Schulmeister hat dem Cantor sein Liederbuch zerrissen/ als ihm nu auferleget wird/ den Schaden gut zu machen/ so mangelt ein Verß / welchen niemand wieder finden kan. Eine Zeile steht noch da: **Ach weh die Hoffnung ist nun weg.** Aber was sich drauff reimen soll/ darauff will sich niemand besinnen. Doch euern Hoch- und tief-gesinnten Wohlweißheiten wird es gar leichte seyn.

Parl. Wenn man das Werck angreifft/ so fühlt man erst was leichte ist.

Asch. Der dritte Casus ist noch am aller schwersten/ denn es ist hier des Blaseblack-Treters Sohn/ ein gelehrter Kerl/ Ziriacks Konterhoff, der hat sich der Helden-Sprache gemäß im ersten Nahmen mit einem Z. und in dem andern mit einem K. geschrieben. Nun aber ist die Frau gestorben/ welche ihm freyen Tisch gegeben hat; Og befindet sich im Testamente/ daß er alles Leinen-Zeug/

Poeten-Zunfft.

Zeug/ welches mit Ziriacks Konterhoff Nahmen gezeichnet ist/ zum Gedächtniß behalten soll/ weil aber die Frau alle beyde Nahmen mit einem C. geschrieben/ so ist der gute Mensch in tausend Aengsten/ ob er sich der guten Erbschafft wegen ins künfftige zwey C. soll in die Schnupff-Tücher nehen lassen: Oder ob er seiner Helden-Sprache zu Ehren den Plunder verachten soll?

Parl. O Centner schwere Last/ wenn werden wir uns aus dem Hause finden. Großthätiger Herr Verwalter und Cantzler/ wenn wir uns darüber berathschlagen sollen/ so machen wir alle garstige Mäuler/ und flennen uns so jämmerlich/ wie die Nacht-Eulen/ drum bitten wir um einen Abtritt/ daß wir uns in der Stille vernehmen können.

Asch. Es soll euch unverwehret seyn (Sie gehen ab)

Veit. Nun schickt auff allen Strassen auß/ und laßt die guten Freunde zusammen kommen/ das Possen-Spiel muß vollzogen seyn.

Asch. Ich wil getreulich darzu helffen.

Veit. Ja wol könnet ihr mit den Kerlen zu rechte kommen/ ihr seyd dem Helden-mäßigen Sprachmeister auß der Schule gelauffen.

Asch. Ein junger Kerle muß allerley Sachen verstehen.

Zwölfter Auftritt.

Par*us*, Irus, **mit den ihrigen kommen herauß/ und setzen sich.**

Parl.

Zweyfache

Parl. Ihr Herren/ es ist euch ohn alle Weitläuff=
tigkeit bekant/ was vor Fragen von unserm
Schutz-Herren vorgebracht worden.

Con. Es ist auch viel nütze gewesen / daß wir uns mit dem Schutz-Herren verwirret haben/ ich dencke/ nun werden wir bestehen/ wie Butter an der Sonne.

Parl. Hätten wir gemeinet/ daß der Juncker so wol studiret hätte. Ach! verzeihet mir das Wort: hätten wir gemeinet/ daß er einer auß der Gattung wäre/ die Fleißbücher=Lust wandeln.

Con. Ja/ ja hätten wir gemeinet? Wenn wir nun bestehen wie Butter an der Sonne/ so werden wir es auch nicht gemeinet haben.

Kolb. Ich gesteh es gar gerne/ die Fragen sind für mich zu hoch.

Con. Die Sachen sind wol nicht zu hoch/ mein Verstand ist nur zu niedrig.

Irus. Gebet euch zu frieden. Ein Wagen/ der ei= nem Pferde zu schwer ist/ der wir 6. Pferden gar leichte zu fahren. Setzt nur mit einander an/ was gilts/ wir wollen mit grossen Ehren auß der Sache kommen.

Parl. Recht/ recht/ aber warum soll Stiefel nicht Deutsch seyn?

Irus. Ich zweifle selber dran. Denn mein Vater hatte ein alt Rechen=Buch/ da schrieb sich der Verfas= ser des Buches Stifelius, und also bild ich mir ein/ das Wort ist Lateinisch.

Parl. Ey/ ey es scheinet doch als müsten wir auff ein neu Wort bedacht seyn. Man lasse die Meinung herum gehen.

Kolb.

Poeten-Zunfft.

Kolb. Ich hielte dafür/ man nennte es einen Leder-Strumpff.

Con. Ja die Schneider machen auch lederne Strümpffe.

Kolb. So mag es ein ledener Schuster-Strumpff heissen. Und immer so fort/ ein Cordewaner/ Jochtener/ ein Saffianer-Schuster-Strumpf.

Vermip. Ich nenne es einen Sporn-Sattel/ denn gleich wie der Reuter auff dem Pferde/ so schickt sich der Sporn/ auff den also genannten Schuster-Strumpf.

Majorc. Ich hielte davor/ man hiesse es ein Kalbfellen-Wachs-Tuch.

Minorc. Es reimt sich nicht/ ich wolte lieber sprechen ein Fuß-Regen-Mantel.

Ridicul. Wenn das Wort Canon recht deutsch wäre/ so woltich sprechen / ein Canonen Behältniß.

Caprim. Wie wär es/wenn wir sagten ein Schuch-Strumpf.

Mirabul. Ich weiß einen guten Freund/ der steckt in Hochzeiten die Stiefel voll Gebratens/ und da könt es wol ein Gebratens-Sack heissen.

Aqvavit. Ich hatte neulich ein bißgen Kars gefressen/ und wie ich über den schmahlen Steg wandern wolte/ warff mich mein Stecken-Pferd in den Graben/ und da hätt ich meine Stiefel mögen lederne Wasser-Eymer heissen.

Vernaculoj. Ich nenne es **ein gefaltenes Bein-Leder.**

Aqvavit.

Aqvavit. Ey wie heissen denn Filtz-Stiefel?

Vernacul. Ein zusammen gelegter Bein-Filtz.

Heroicol. Ich werde es am besten errathen haben/ ein Stiefel heist auff hoch Deutsch/ eine wol-angelegte Wohn-Stube/ darin der unterste Theil des menschlichen Leibes verwahret wird.

Irus. Ihr wisset alle nichts; wie nenneten wir denn hernach die Spanischen Stiefel? sagt eine Lederne Bein-Scheide. Denn wie ein Messer in die Scheide fähret/ so fähret ein Fuß in die Stiefel.

Parl. Gesegnet sey der Zunfftmeister/ der uns durch so eine schöne Erfindung von dem dritten Theil unsers Elendes erlöset hat.

Butyrol. Mir fält nun eine zweifelhafftige Sache ein; der Herr Fänrich/ der zu Rumpelts-Kirche die Schencke gepacht hat/ der hat einen hölzerner Steltz-Fuß/ und da müste man seinen Stiefel eine lederne Holtz-Scheide nennen.

Irus. Ein hölzernes Bein ist auch ein Bein/ und also bleibt es bey den vorigen Worten.

Parl. Wir haben uns nicht auffzuhalten/ wir müssen zu dem andern Puncte schreiten. Denn hier ist eine Zeile/ da sollen wir einen Reim bald darzu machen:

Ach weh die Hoffnung ist nun weg.

Majorc. Reimt sich dieses nicht:

Wie eine Wand die keinen Eck-
Stein hat allhier zu dieser Frist
Also mein Hertz geplaget ist.

Kolb. Es mangelt nur eine Zeile; wo thäten wir die überleyen hin? mach es so:

Daß

Daß ich in meinen hohen Unglück fast biß
auff den Tod erschreck.

Irus. Diese Zeile hat zu viel Trittlinge / wir bringen sie nicht auffs Papier.

Aqvavit. Laſt ſehn was ich kan:
Ach weh die Hoffnung ist nun weg /
Daß ich vor Zucker Wermuth leck.

Heroicol. Höret mich an:
Ach weh die Hoffnung ist nun weg /
Die Noth der Polz / mein Feind der
Bogen ist der Zweck.

Mirabul. Die Zeilen müssen gleiche Trittlinge haben.
Ach weh die Hoffnung ist nun weg /
Und reist wie ein Bein-Scheiden-Fleck.

Caprim. Ach weh die Hoffnung ist nun weg /
Ich bin ein Schincken ohne Speck.

Ridicul. Ach weh die Hoffnung ist nun weg /
Daß ich in hundert tausend Aengsten
steck.

Vernac. Ach weh die Hoffnung ist nun weg /
Ich bin verlassen wie ein Geck.

Vermip. Mir ist auch ein tieffsinniger Geist in das Gehirne gestiegen.
Ach weh die Hoffnung ist nun weg /
Ich bin ein Maul-Esel ohne Deck.

Con. Laß mich zu reden kommen:
Ach weh die Hoffnung ist nun weg /
Und auß dem Reime wird ein • •

Parl. Herauß / herauß mit dem Worte / es ist gar reine Deutsch / ich wil es lieber haben als Confect.

Zweyfache

Con. So muß mich die Reinligkeit der Deutschen Sprache entschuldigen: Aber wie war mein Reim? Hab ich ihn doch vergessen.

Kolb. Und auß dem Reime wird Confect.

Parl. Dir einen Dreck auff den Confect. Schimpfiere die Sprache nicht.

Irus. Aber bey welchen Reime wollen wir bleiben?

Parl. Wir wollen sie alle abschreiben/ sie mögen sich den besten außlesen.

Minorc. Also wird der Schreinhalter alles in richtige Ordnung bringen. Aber ich höre/ es hat einmal ein Käyser oder ein Ertz-König gelebt/ der hat die Dichter oder Poeten also gestraffet/ daß sie alle Reime/ die ihm nicht gefallen/ wieder außlecken müssen. Drum bitt ich Herr Conus wolle sein Confect selber auffschreiben.

Majorc. Wer Schweinhalter seyn will/ der mag auch die Beschwerung haben/ und mag lecken.

Parl. Stille/ stille zanckt euch nicht/ wir haben noch den letzten Haupt-Punckt mit Ziriacks Konteshoffe zu überlegen.

Dreyzehender Auftritt.

Aschen und die vorigen.

Asch. Eschwind/ geschwind ihr Herren/ wo eine Viertel-Stund verzogen wird // so kündigt uns der Schutz-Herr den Dienst wieder auff.

Parl. Was gehet so geschwinde für?

Asch.

Aſch. Der gantze Hoff iſt voller fremden Gäſte/ und alſo befiehlet/mein hoch-gebietender Juncker bey Vermeidung ſeiner Ungnade/ daß ihr alſo bald vor ihm erſcheinet. Die Tannzapffen-Zunfft ſoll ihre Tannzapffen/ und die andern ihre Narrenkolben gegen einander loben: Welche Parthey am beſten beſtehen wird/ dieſelbe ſoll am beſten belohnet werden.

Irus. Ach wer nun ſein Kopff-Brechen geſparet hätte?

Kolb. Und wer etliche Blätter auß dem zerriſſenen Lieder-Buche hätte?

Arch. Fort/ fort die Zeit iſt köſtlich/ hohe Perſonen ſind ungedultig zu warten.

Parl. Wir wollen uns nur einen Augenblick beſinnen/ darnach ſoll unſer Gehorſam richtig ſeyn.

Vierzehender Auftritt.

Veit mit ſeinen Gäſten. Aſchen, Lars.

Veit. Nun die gantze Compagnie ſoll ſchönen Danck haben/ daß ſie mich bey meiner kurtzweile nicht alleine laſſen. Solte das Werck allerdinges nicht recht beſtellet ſeyn/ ſo würde ich die Antwort von meinem Verwalter fodern.

Aſch. Geſtrenger Juncker/ das iſt gewiß/ ſie werden ihre gantze Künſte zuſammen nehmen/ ſie haben nur un eine kurtze Bedenckzeit gebeten/ damit ſie deſto geſchwinder die Verſe in das Geſchicke bringen.

Veit. Es iſt Schade/ daß ſie nicht eine Comœdie agiren ſollen.

Aſch. Das wäre eine Sache/ worzu man viel Tage bedürf-

bedürffte/ wir wollen vor dießmahl mit ihren Gedich=
ten zufrieden seyn.

Veit. Wolan! dirigiret das gantze Werck/ und laſt
sie dem Schutz-Herren zum Respect vor dießmahl ſte=
hen.

Aſch. Es iſt gar recht; doch sie kommen schon.

Funffzehender Auftritt.

Die gantze Compagnie.

Aſch. Stille/ stille macht nicht groß gepoltert/
die vornehmen Gäſte wollen höflich be=
dienet seyn. Ihr mit den Tannzapffen
darüber/ ihr mit den Narrenkolben dort hinüber/ und
absonderlich mercket/ daß ihr vor dißmahl nicht ſitzen
sollet/ einer sags dem andern/ aber gantz heimlich.
(Sie ziſcheln es einander zu/ wie sie in der
Ordnung ſtehen/ setzet sich) Majorcus nieder)
(Kolbus kömt und ſtöſt ihn mit der Hitzſche
über den Hauffen) Du ungeschliffener Flegel/ weiſt
du denn nicht/ daß wir ſtehen sollen?

Majorc. Es hat mirs Niemand gesagt.

Irus. Ey/ ey wer hats sagen sollen?

Minorc. Ich habs gesagt/ der tumme Schelm ſtellt
ſich nur so alber.

Majorc. Hat ers gesagt/ so hat mirs der kleine But=
ter-Krebs in Schiebsack gesagt.

Aſch Stellt euch in die Ordnung/ daß der Schutz-
Herr nicht Schande hat. Nun ihr Edlen Zunfft=
genossen/ wer kan seinen Zunfft-Sitz am besten heraus
ſtreichen.
                                                                Irus.

Poet:n-Zunfft.

Irus. Ich lobe die Zapffen auff herrlichen Tan=
nen/
Die machen dem Holtze den köſtlichen
Strauß/
Die ſpielen ſo niedlich und ſtattlich her=
auß
Wie Faſtnacht-Gebackens in eiſernen Pfan=
nen.
Parl. Ich lobe die Kolben im lieblichen Schilf=
fe/
Die pflegen auff künſtlichen Pfeiffen zu
ſtehn/
Die klingen ſo herrlich/ ſo werdlich/ ſo
ſchön/
Und kommen den traurigen Hertzen zu Hülffe.
Ir. Das heiſt nicht ausgeſchrieben? ich ſehe wol ihr/
und Martin Wunderlich könt artig reimen.
Parl. Herr Amts-Bruder/ich richte mich nach euch/
euere Verſe habe ich vor acht Jahren beym Richter
zu Bettels-Walde in einem gedruckten Buche geleſen.
Irus. Wir ſind Menſchen/ wir werden alle beyde
ſchweigen.
Aſch. Nun wie ſo langſam/ weiter in dem Text.
Irus. Was ſind die Kolben? rechte Narren/
Sie machen lauter Poſſen-Spiel/
Und alle haben einen Sparren
Zu wenig oder doch zu viel.
Parl. Sind eure Zapffen nicht von Holtz?
So ſeht ihr auch recht höltzern aus/
Und krieget noch mit euern Stoltz
Von Tennen Holtz ein Narren-Hauß.

Asch. Ey sparet schimpffliche Sachen / wenn köñt es an die Untersassen?
Con. Gleich ietzo bin ich fertig.
　　　Ein Tannzapff wächset hoch/
Kolb. Offt fält er in ein tieffes Loch.
Con. Er kan von Hartze gleissen.
Kolb. Daß wir die Hand beschmeissen.
Parl. Herr Untersasse gebt ihn gutte/
Kolb. Die Narren-Kolbe stutzt/
Con. Wie man die Narren butzt.
Kolb. Sie bleibt der Dichter Crone/
Con. Das heist ein Quarck zu Lohne.
Asch. Wie stehts / wolt ihr einander selbst schimpffen/ so muß unser gestrenger Schutz-Herr geschimpffet seyn. Flugs macht es besser/ wo ihr nicht in die ärgste Straffe wollet verfallen seyn. Nun wer hat was zum besten?
Aqvavit. Der Tannzapff ist ein hübsches Ding/
　　　Ich gebs für keinen silbern Ring/
　　　Und wenn er einen Centner schwer
　　　Ja durch und durch vergöldet wär
Parl. Einen Centner / einen Centner/ köñt ihr nicht sprechen:
　　　Und wer es hundert Pfunden schwer.
Ir. Ich wil auch etwas zu tadeln finden/
Mirab. Die Narren-Kolb ist schön geziert/
　　　Erfreut das Auge wenn man spatziert/
　　　Wol nun dem Teich/ der vor dem Jahr
　　　Von Schilffe nicht gereinigt war.
Irus. Spatzieren / spatzieren / ich dachte/ in unser Sprache hiesse es Lust-wandeln.
　　　　　　　　　　　　　　　　Asch.

Asch. Ich weiß nicht es geht so langsam herum/ es
solten sich alle hören lassen.

Irus. Ihr Zunfftgenossen/ in meinen Zunfftsitze/ ich
wil euch vorsingen/ singt mir nach/ so hören sie uns alle
(er singt erstlich alleine/ hernach repetiren es
die andern)

   Ach Tannzapff/ lieber Tannzapff mein/
      Du bist ein edle Frucht/
   Der muß wol recht geschossen seyn/
      Der dich nicht gerne sucht.

Parl. Ich kan auch die Kunst/ ihr Herren Zunfft-
Genossen/ singt mir nach:

   Ach Narren/ Narren-Kolben mein
      Ihr seyd sehr wol gemacht/
   Der muß wol ein etcætra seyn/
      Der eure Zier veracht.

Irus. Etcætra, etcætra, das war schön Deutsch.

Parl. Ein solcher Lumpenhund soll zur Straffe so
undeutsch heissen.

Irus. Ein Tannzapff der viel Schuppen
      trägt/
      Ist wie ein edler Mann/
   Der tausend Künste bey sich hegt/
      Und wacker reimen kan.

Parl. Die Narren-Kolb ist allezeit
      Am Kopffe schön geschmückt/
   Und macht zu unser Fröligkeit
      Die Pfeiffen wol geschickt.

Irus. Ein Tannzapff ist mein Auffenthalt/
      Der bleibet Ehren werth/

Ach wäre mir ein gantzer Wald/
Voll Tennen-Holtz beschert.
Parl. Die Narren-Kolb ist Tugendreich/
Wenn man es recht bedenckt/
Ach! wäre mir ein gantzer Teich
Mit solcher Frucht geschenckt.

Asch. Nun die Probe wäre in reimen und singen wol abgeleget. Alleine weil eine so vornehme Zunft am meiste darinne bestehet/daß man sich/bey vorfallendē difficultäten; Ach verzeihet mir/ich solte sagen Schwierigkeiten/eines guten Rathes erhohlen kan/ so ist des Gestrengen Ober-Haupts geneigtester Befehl/ihr sollet euch auf beyden Seiten hieherum setzen/und auf vorgegebene Frage/klug/deutlich und ehrlich Antwort geben.

Parl. Wir sind Diener/wir wollen unsere Stellen nach Standes Gebühr zu suchen wissen.(sie setzen sich)

Asch. Erstlich/wie steht es um das Wort Stiefel:

Parl. Das soll nunmehro eine Bein-Scheide heissen.

Asch. Wo kriegt der Cantor seinen halben Vers wieder?

Parl. Es sind unterschiedene Arten aufgezeichnet/ davon mag ein Liebhaber das beste außlesen.

Asch. Aber was macht Zieriacks Konterhoff?

Parl. Was solt er machen? wir haben noch nicht darum gerathschlaget. Doch im hergehen meinte mein Herr Amts-Bruder/ er möchte sich so lange mit einem C. schreiben/biß er das Erbtheil weg hätte; darnach möchte er sich von uns um etliche Thaler straffen lassen/damit wir etwas den Schreinhalter zur Verwahrung geben könten/so wolten wir ihn wieder ehrlich machen.

Asch.

Asch. So höre ich wol/ es laufft mit euern Künsten gar auf den ehrlichen Nahmen hinauß? Doch gnung von diesen. Hier sind unterschiedene Fragen eingelauffen/ nachdem erschollen ist/ daß der Gestrenge Juncker sich zu einem Oberhaupte hat gebrauchen lassen: Weil nun des wohlgedachten Ober-Hauptes Meinung nicht ist/ die gesamten Zunfftgenossen in ihren freyen Stimmen zu beeinträchtigen; als will er hiermit alles zu ihren Weisen und verständigen Urtheil anheim stellen.

Parl. Sie haben macht zu befehlen; wir wollen sehen/ ob in unser Macht stehet zu rathen.

Asch. Kommet her Lars, und leset ihnen die Fragen ordentlich vor.

Lars. Der erste Brieff ist dieser.
  Hochgeschätzte/ Tugendhaffte.

Parl. Ach das heist recht:
  Tugend ist der beste Freund/
  Der uns allzeit pflegt zu lieben/
  Wenn die helle Sonne scheint/
  Und die Wolcken uns betrüben.

Lars. Verstört mich nicht im Lesen:
Es befindet sich ein Kunst-beliebter sinnreicher Jüngling an dem Gräfl. Hofe/ welcher durch böse Nachrede so weit kommen ist/ daß er nunmehr offentlich die Pritsche leiden/ oder seine hochdeutsche Schreibart verschweren soll: Weil er nun das letztere nicht thun kan/ und wenn er Leib und Leben darüber einbüssen solte: so fraget er nur bey der Tugendhafften Versamlung/ ob Pritsche ein deutsches Wort sey? Denn auff solchen Fall wil er sich gerne zu dieser Straffe verstehen. Verbleibe inzwischen etc.

              Parl.

Zweyfache

Parl. Ihr Herren das war eine Nuß. Was hal ihr von der Pritsche?

Irus. Ich glaube doch die Pritsche ist kein deutsche Wort/ denn ich höre die Pritschmeister sind auß Franc: reich kommen.

Parl. Mein Degen-Gehencke ist auch in Franc: reich gemacht/ dennoch ist das Wort rein Deutsch.

Irus. Aber sie haben vielleicht den Nahmen hir bracht.

Parl. Herr Amts-Bruder seyd mir nicht zu wider ich sehe wol/ daß man kein Wort in unser Sprach findet/ daher es kommen kan; Doch den armen Mer schen in seinen Gewissens-Kummer zu helffen / so wo len wir unsre Zunfft-Genossen bereden / es sey gu Deutsch. Unser Heiliger von der Vogel-Weide wir uns nicht verrathen/ ob er die Pritsche zu seiner Zei kriegt hat.

Irus. Nun ihr Herren ist Pritsche Deutsch.

(Sie schreyen zusammen) Ja/ ja/ wir folge den Herrn Zunfftmeister.

Parl. Herr Schreinhalter schreibet darunter/ da Fragender mit guten Gewissen die Pritsche leiden mö ge/ und das von Rechtswegen.

Lars. Nun kommet der ander.

Zunftmäßige Helden-Sprachs-Genossen

Irus. Bey dem Titul schwahnet mir nichts gutes er wird uns tieff in den Morast hinein führen.

Lars. Es wird sich bald weisen.

Eure heldenmäßige Heiligkeiten nicht aufzuhal ten/ so ist meine Frage diese. Ich habe bey dem Ge richtsverwalter zu Sterzelsdorf eine Klage wider einer

Bauer

Poeten-Zunfft.

Bauer eingegeben/ daß er mir die Tageleuchter eingeworffen hatte. Doch der ungerechte Richter spricht/ die Tage-Leuchter wären nicht verderbet/ denn es gienge durch die Löcher viel besser Licht/ als durch die Scheiben: Und also soll mir der Schaden nicht ersetzet werden. Bitte also ◼︎müthig etc.

Parl. ◼︎ch sehe wol ein Fenster ist mehr als ein Tage-Leuch◼︎◼︎◼︎ ist auch ein Wind◼︎und Regen Abweiser.

Irus. Das Wort ist gemacht worden/ ehe ich Zunftmeister bin. Ich kan die Sau nicht bezahlen/ die meine Vorfahren verkaufft haben.

Parl. Wir müssen doch Amts wegen was thun. Wer weiß was unsere Nachkommen an der Beinscheide zu tadeln haben.

Con. Ich hielte davor/ man setzte das Wort wiederumb auß der Helden-Sprache/ denn meine Grosse-Mutter hatte in Keller ein blind Fenster/ da sie die Buttermilch hineinsetzte: Aber welcher Hencker könte es einen blinden Tage-Leuchter heissen?

Kolb. Und ich war einmal in einem Lande/ da ging ein Fenster auß der Feuermauer in die Rauchkammer/ da war es auch ein schlechter Tage-Leuchter: Denn ich muste allemal ein Licht anzünden/ wenn ich die Ratten und die Fledermäuße auß den Schincken heraus treiben solte.

Parl. Es ist einmal gefehlt. Aber sollen wir den guten Menschen stecken lassen? Er kan sich auf die hoch Deutsche Heldenschafft beruffen/ und wo er damit nicht fort kömmt/ so liegt unser Ansehen auf einmal darnieder.

Majorc.

Majorc. Ich dächte so. Wenn Ziriacks Konterhof seine Straffe erlegte/ so könten wir die Tageleuchter davon bezahlen; Damit wäre ihm geholffen/ und wir machten ein Gesetze/ daß ins künfftige niemand so sprechen solte.

Minorc. Den Langen da verdreust es schon/ daß ich Geld in meinem Schreine haben werde.

Mirabuld. Am besten wär es/ er machte die Klage gantz neu/ und setzte zum Vorbehalt seiner hochdeutschen Gerechtigkeit hinein/ die Bauren hätten ihn mit Gunst ein Fenster außgeschlagen.

Rid. Ey die Schelmen habens auß Ungunst gethan.

Parl. Weg mit dem Schertze? wir haben ernste Sachen vor. Unser Ober-Haupt mag vor ihn bitten/ daß er des Schadens bey kömmt. Und hierbey soll kein Mensch mehr dieses Wort gebrauchen. Seyd ihr alle damit zu frieden?(zusammen) Ja/ ja wir sind zufrieden.

Majorc. Ein Schelme/ der das Wort mehr gebraucht.

Con Aber wie sollen wir sonst sprechen?

Parl. Ein Glas-Scheiben-Feld kan es nicht heissen/ denn eine Laterne wäre auch so viel.

Kolb. Aber vielleicht ein beglaßscheibtes MauerLoch?

Parl. Ey wie hiesse ein Kapfenster.

Kolb. Ein beglaßscheibtes Dach-Loch.

Parl. Wie hiesse ein höltzernes Fenster/ oder eines mit dem Strosteppel.

Ir. Die Schwierigkeit ist zu groß. Sprecht Fenster ist Deutsch/ denn das Glaß ist fein/ und wenn der Glantz der Sonnen durchgehet/ so ist es ein Feinstern/ das heißt ein Fenster.   Parl.

Poeten-Zunfft.

Parl. In meiner Jugend lernte ich ein Wort / das hieß fenestra.

Irus. Ey die Lateiner haben uns das Wort abgestohlen/ laßt uns bey der Meinung bleiben. Wie stehts ihr Herren Zunfftgenossen.

(alle zusamen) Ja/ ja/ Fenster ist ein deutsch Wort

Parl. Herr Schreinhalter setzet eine Supplication auf an unser Ober-Haupt/ daß er vor den guten Menschen bitten mag/ schreibet auch das Wort Fenster wider in das ehrliche Register.

Lars. Wieder was neues.

Großmögende Gesellschaffter.

Ir. Das Vermögen ist groß / aber es wird uns auch weidlich sauer.

Lars. Allezeit muß der Titul herhalten.

Denenselben wird mein doppelt Unglücke zu verstehen gegeben. Denn als ich unlängst Zizero nach heldenmäßiger Gerechtigkeit mit einen Z. schrieb/ hieß mich ein geheimer Schreiber einen Hunds-Vogt. Nun frage ich / ob ich die Schreib-Art ändern/ und hiemit den Titul behalten soll/ verbleibe etc.

Parl. Die Leute vergessen ihr Buchstabiren. Es klingt ja gar schön / Z.i. Zi. Z.e. Ze. Zizero.

Con. Aber die Leute meynen/ es klinget eben so C.i. Ci. C.e. Ce.

Parl. Die Narren wissen aber nicht / daß C. kein deutscher Buchstabe ist.

Con. Gleichwol ist Ch deutsch. Ich meynte/ wo das Bier deutsch wäre / da müste Hoppe/ und Maltz auch deutsch seyn.

Parl. Rücket doch den Krantz zu rechte : es steht

E   euch

euch was im Kopfe schlimm. Es ist noch nicht erwiesen/ daß Ch/ deutsch ist. Ich stehe bey mir an/ ob ich nicht ein Gesetze gebe/ daß die Leute schreiben müssen magghen/ Sagghen.

Con. Ich lasse mich weisen. Die Warheit ist zu helle.

Irus. So hat der gute Mensch recht. Aber wie stehts um den schimpflichen Nahmen.

Parl. Vogt ist Deutsch/ Hund auch: was ists numehr?

Irus. Es heist aber nach der eigendlichen Haupt-Sprache nicht Vogt. Versteht mich der Herr?

Parl. Wenn es nun gleich eine Hunds-Pfote hiesse. Rührt den Quarck nicht zu sehr. Es ist gnung/ daß wir den guten Menschen befriedigen. Ihr Herren gebt eure Stimmen darzu. (Alle zusammen) Ja/ja/ wir fallen den Herren Zunfftgenossen bey.

Lars. Das heist recht die Stimme gegeben.

Parl. So schreibt drunter / des verdrießlichen Nahmens halber soll das Z nicht geändert werden. Es ist besser einen deutschen Nahmen führen/ als undeutsche Sünde begehen.

Lars. Da kommt ein höfflicher Brief. Hellglänzende Sterne des hoch deutschen Helden-Himmels.

Parl. Es wäre kein Wunder/ wir steckten auf unsere Zappen und Kolben Lichte / damit wir den Sternen ähnlich wären.

Lars. Mit einer kleinen Laterne/ oder Wachslicht Behältniß den Zweifel des lesens zu beleuchten/ so hat mein Beförderer Herr Bonifazius Heseldiener/ unlängst seinen Geburts-Tag zu feyern angekündiget. Wenn ich denn einen Letterwechsel unter der Hand hatte/ also daß/ wenn ich nur Z. in C. hätte verwandeln dürffen/

Poeten-Zunfft.

dürffen/herauß kommen wäre: Ich lief aus bey der Sonne: so sehe ich wol/ daß man der Sache helffen könte/ wenn ich Bonifacius. mit einen C. schreiben dürffte. Allein weil die Sache grosse Weitläufftigkeit nach sich ziehen könte/ als habe ich das Licht von meinen hellglänzenden Sternen erwarten wollen/und verbleibe ꝛc.

Con. Was zum Hencker ist das vor ein Letterwechsel? Meine Lettern sind im Garten verfaulet/ wer mir andere und bessere davor außwechseln wolte/ der solte grossen Danck davor haben.

Parl. Redet doch nicht zur Unzeit. Die Frage macht mir solche Mucken/ daß ich zwischen Thür und Angel stehe. Entweder der gute Dichter/ oder unser Heldensprache muß den Schimpf über sich nehmen. Pfui/ das sind schwere Aemter.

Asch. Gestrenger Juncker/ die übrigen Hochzeit-Gäste schicken ihren Reutknecht vorher/ und wollen in einer halben Stunde gewiß im Hofe seyn.

Veit. Wolan! so müssen wir die Lust kürtzer machen: Herr Aschen seht wie sie abgefertiget werden.

Asch. Ihr hochbegeisterte Zunfftgenossen/ es ist alles gar wol und stattlich außgeführet worden. Doch weil ein gutes Trinckgeld zu verdienen ist/ und eben allhier ein verlobtes Paar beysammen sitzet/ so wird von einem iedweden insonderheit ein kurtzes Hochzeit-Gedichte erfodert/ wer das beste machen wird/ der soll ein ansehnliches Geschencke zu Lohne haben.

Kolb. Ich wünsche dieser Fastnachts Braut
  Zum Sinnbild/ Wurst und Sauer-Kraut.
Con. Und ich wünsch ihr die Fastnacht selber/
  Auch dieses Jahr noch hundert Kälber.

Zweyfache

Heroicoling. Ich bin ein ungeschickter Diener/
Ich wündsch ihr nur ein dutzend Hüner.

Vermipulv. Viel Glücks zur recht und lincken Seite/
Und immerfort viel Bettel-Leute.

Parl. Wozu sollen denn die Bettel-Leute:

Irus. Wer viel Bettler kriegt/ der hat was zu geben/ und ich halte es steckt noch was mehr dahinter / es bedeut gewiß viel Kind-tauffen / denn da wird den Bettel-Leuten ausgetheilet.

Mirabuld. Ich wündsch ihr Krafft vor alles Weh.
Und gute Mittel vor die Flöh.

Aqvavit. Zum Gelde wündsch ich neue Taschen/
Und zu dem Weine grosse Flaschen.

Butyrolamb. Viel Ruh im Betten und im Züchen/
Und lauter Unruh in der Küchen.

Irus. Was soll denn die Unruh/ ein schöner Glück-Wunsch:

Parl. Wenn man in der Küche unruhig ist/ so giebt es viel zu fressen.

Minorc. Heil und Gedeyen zu dem Kinde /
Und friedlich Wesen zum Gesinde.

Majorc. Sie leben frey auf ihren Wegen/
Der Mann vor Zanck/ die Frau vor Schlägen.

Irus. Solche vornehme Leute schlagen auch einander?

Parl. Last es gehn/ wir bedürffen alle Glücke.

Ridic.

Ridic. Der Bräutgam sauffe nicht Taback/
Die Liebste sey kein fauler Sack.
Parl. Wieder gefehlt/ Taback ist nicht Deutsch/ ich
sprech Rauchkraut.
Irus. Ja warum nicht Hütte-Rauch.
Caprimulg. Er spinne nicht/ er sey der Mann/
Sie zieh nicht Mannes Hosen an.
Vernaculoj. Lebt wol ohn alles Ungewitter/
Uñ brauchet keinen Leichenbitter.
Irus. Glück zum waschen / Glück zum backen /
Und keinen Hencker in dem Nacke.
Parl. Am Tische fromm/ im Bette züchtig/
Im kochen rein/ im Gelde richtig/
Sonst wird die gantze Freude nichtig.
Irus. Der Vers kam etwas flüchtig.
Parl. Vor euch ist er zu wichtig.
Veit. Wir haben euren Fleiß angehöret / seht hier liegen 10. Thlr. wer den besten Vers gemacht hat/ der soll sie weg nehmen.

(Geht mit seiner Geselllschafft ab)

Parl. Das ist eine Sache/ darüber die Zunfftmeister zu urtheilen haben / und so werd' ich mit die 10. Rthlr. wol zu eigenen/ denn ich habe das Beste gemacht.

Irus. Ey laßt den andern Zunfftmeister auch reden/ ich bilde mir mit meinen zwey Zeilen so viel ein/ als ihr mit euer dreyfachen Mißgeburth.

Kolb. Ich dencke die Untersassen werden auch dabey was zu reden haben/ wir zwey Untersassen/ hatten die besten/ wir werden das Geld theilen.

Majorc.

Major. O wenn eine iedwede Zunfft 5. Rthl. neh=
me/und theilte sich drein/ so dürffte man keines Strei=
tes.

Con. Ja/ja/ zehne in vierzehn wie vielmahl hab ichs?

Parl. So rechnet man auch/ein Zunfftmeister gilt 3.
und ein Untersasse 2. damit heist es / 10. in 20. wieviel
hab ich? Doch was darff ich theilen / behalte das Geld
alleine.

Con. Ich wil sehen/wer mir was nehmen soll.

Parl. So wil ichs mit meinen Zunfftsgenossen thei=
len/ wir haben doch die besten Verse.

Irus. Was? wollen wir die Gesellschafft so zerstöh=
ren/so helff ich mit Stühlen uñ Bäncken drein schmeis=
sen. Allo ihr Zunfftbrüder/wir stehen vor einen Mañ.
Wes ist das Geld?

Kolb. Wir haben es in Verwahrung genommen/
biß wir einen Richter drüber erkennen lassen.

Irus. Euch mit euer Verwahrung was anders auff
den Puckel/gebt das Geld heraus?

Parl. Da steh ich/wir wollen sehn/wer uns was neh=
men wird.

Irus. Wiltu dir nichts nehmen lassen / so wil ich
dir was darzu geben/ siehe da hastu meinen Sthul/
(Er schmeist ihn mit den Stuhle an den
Hals)

Parl. (schmeist ihm den Hut ins Gesichte)
und da hastu meine Narrenkolbe.

(Sie fallen über einander her/und schlagen
sich häßlich)

Der

Poeten-Zunfft.

Der kleine Sausewind der im gantzen Spiele um seinen Vater herum gelauffen ist/ singet nach geendichter Schlägerey/ wenn alle sich vom Theatro entzogen haben.

I.
Ihr Herren gute Nacht!
Wie haben wir den Limmel
Zusammen angebracht?
Ich bin zwar sonst ein höflich Kind:
Jhr Excellenz Herr Sausewind
Wird selten ausgelacht.

II.
Doch solt' ich armer Dieb
In was verstossen haben/
So gebt mir keinen Hieb/
Und nehmt mit meiner Fantasey
Und mit der andern Schwermerey
Auf dieses Jahr vorlieb.

III.
Kömmt Zeit/ so kömmet Rath.
Wir werdens wol verbessern/
Es ist noch nicht zu spat.
Wer lebt so in der klugen Zunfft/
Der nicht in seiner Unvernunfft
Einmahl gestolpert hat?

IV.
Nur bleibt mir ferner gut/
Und haltet mich ohn Zweifel
Vor ein recht ehrlich Blut/

Zweyfache Poeten-Zunfft.

Ist iemand/ der sein Possen-Spiel
Vor aller Welt verbergen wil
Der sey ein Zuckerhut.

V.

Wolan wo ist der Schmauß?
Sol ich zu Gaste kommen/
So sagt mir nur das Hauß.
Ich hab ein Maul/ das viel verspricht
Doch hier im Dinge bleib' ich nicht/
Denn unser Spiel ist aus.